súplicas atendidas

Livros do autor na Coleção **L&PM** Pocket:

Os cães ladram
Súplicas atendidas

TRUMAN CAPOTE

súplicas atendidas
um romance inacabado

Tradução de Guilherme da Silva Braga

www.lpm.com.br

Coleção **L&PM** POCKET, vol. 776

Texto de acordo conforme a nova ortografia.
Título original: *Answered Prayers*

Primeira edição na Coleção **L&PM** POCKET: maio de 2009
Esta reimpressão: julho de 2024

Tradução: Guilherme da Silva Braga
Capa: Ivan Pinheiro Machado. *Foto*: Elliott Erwitt / Magnum
Preparação: Marianne Scholze
Revisão: Patrícia Yurgel

CIP-Brasil. Catalogação-na-Fonte
Sindicato Nacional dos Editores de Livros, RJ.

C246s

Capote, Truman, 1924-1984
 Súplicas atendidas / Truman Capote; tradução de Guilherme da Silva Braga; [nota do editor americano Joseph M. Fox]. – Porto Alegre, RS: L&PM, 2024.
 176p. – (Coleção L&PM Pocket; v. 776)

 Tradução de: *Answered Prayers*
 ISBN 978-85-254-1889-0

 1. Romance americano. I. Braga, Guilherme da Silva. II. Título. III. Série.

09-1373. CDD: 813
  CDU: 821.111(73)-3

Copyright © 1978 by Alan U. Schwartz
Introduction Copyright © 1987 by Random House, Inc.
Tradução publicada mediante acordo com a Random House, um selo da Random House Publishing Group, uma divisão da Random House, Inc.

Todos os direitos desta edição reservados a L&PM Editores
Rua Comendador Coruja 314, loja 9 – Floresta – 90.220-180
Porto Alegre – RS – Brasil / Fone: 51.3225.5777

PEDIDOS & DEPTO. COMERCIAL: vendas@lpm.com.br
FALE CONOSCO: info@lpm.com.br
www.lpm.com.br

Impresso no Brasil
Inverno de 2024

"Mais lágrimas são derramadas por súplicas atendidas do que pelas não atendidas."

Santa Teresa

Sumário

Nota do editor americano | 9

I – Monstros Imaculados | 19

II – Kate McCloud | 103

III – La Côte Basque | 137

Nota do editor americano

No dia 5 de janeiro de 1966, Truman Capote assinou um contrato com a Random House para a publicação de um novo livro chamado *Súplicas atendidas*. O adiantamento de royalties seria de US$ 25 mil, e a data de entrega foi fixada em 5 de janeiro de 1968. O romance, segundo Truman, seria o equivalente moderno da obra-prima de Proust, *Em busca do tempo perdido*, e versaria sobre o mundinho dos ricos – aristocratas e *café society* – na Europa e na costa leste dos Estados Unidos.

O ano de 1966 foi excelente para Truman. Duas semanas depois de assinar o contrato de *Súplicas atendidas*, *A sangue frio* foi publicado em livro com pompa e circunstância e recebido com grande entusiasmo. Na semana seguinte, a foto do autor apareceu na capa de diversas revistas de circulação nacional, e o novo livro foi assunto das principais resenhas em quase todos os jornais de domingo. Ao longo do ano, *A sangue frio* vendeu mais de trezentos mil exemplares e permaneceu na lista de mais vendidos do *The New York Times* por 37 semanas. (O livro vendeu mais do que qualquer outra obra de não-ficção em 1966, à exceção de dois livros de autoajuda; desde então, foi publicado em mais de vinte edições estrangeiras e vendeu quase cinco milhões de exemplares só nos Estados Unidos.)

Truman passou o ano inteiro em evidência, concedendo inúmeras entrevistas, aparecendo várias vezes como convidado em talk-shows, tirando férias em iates e em casarões de campo e aproveitando cada minuto da fama. O ponto mais alto desse período foi o inesquecível "Black and White Ball" oferecido no fim de novembro de 1966, no Plaza, em homenagem a Kay Graham, editor do *Washington Post*; a festa recebeu tanta cobertura na imprensa nacional quanto as reuniões de cúpula entre o Ocidente e o Oriente.

Truman, assim como a maioria de seus amigos, achava que o descanso era merecido; a pesquisa e a escritura de *A sangue frio* haviam levado quase seis anos e foram uma experiência traumática. Apesar das distrações, Truman falava o tempo inteiro a respeito de *Súplicas atendidas* nesse intervalo. Mas, ainda que tenha publicado alguns contos e artigos nos anos seguintes, o autor não se dedicou à escritura do romance; assim, em maio de 1969 o contrato original foi substituído por um acordo para a publicação de três livros, com a data de entrega adiada para janeiro de 1973 e um aumento significativo no valor do adiantamento. Em meados de 1973 o prazo foi transferido para janeiro de 1974, e seis meses depois adiado mais uma vez para setembro de 1977. (Mais tarde, na primavera de 1980, foi feita uma última emenda ao contrato, que estabelecia a data de entrega em primeiro de maio de 1981 e aumentava o valor do adiantamento para um milhão de dólares, pagáveis apenas mediante a entrega do livro.)

Truman publicou vários livros ao longo desses anos, mas a maioria deles havia sido escrita nas décadas de 40 e 50. Em 1966 a Random House publicou *Uma recordação de Natal*, escrito em 1958; em 1968 veio *O convidado do dia de ação de graças*, publicado numa revista em 1967; em 1969 saiu uma edição comemorativa aos vinte anos de *Outras vozes, outros lugares*, o primeiro romance do autor, que agitou os círculos literários em 1948; e em 1973 foi a vez de uma coleção chamada *Os cães ladram*, quase toda escrita em anos anteriores. Apenas *Música para camaleões* – obra publicada em 1980 que, segundo amigos e críticos do autor, deixava a desejar em relação aos trabalhos anteriores – apresentou material inédito de ficção e não-ficção.

Mas vejamos o que o próprio Truman tem a dizer sobre o período. No prefácio de *Música para camaleões* ele escreveu:

> Por quatro anos, grosso modo entre 1968 e 1972, passei a maior parte do tempo lendo e escolhendo, reescrevendo e organizando minhas próprias cartas, as cartas de outras pessoas e os meus diários escritos entre 1943 e 1965 (que contêm relatos detalhados de centenas de cenas e conversas). Eu pretendia usar boa parte desse material em um livro planejado havia tempo: uma variação sobre o romance de não-ficção. Chamei-o de *Súplicas atendidas*, que é uma citação de Santa Teresinha*, que disse: "Mais lágrimas são derramadas por súplicas atendidas do que pelas não atendidas". Em 1972, comecei o livro escrevendo o último capítulo (é sempre bom saber onde se está indo). Então escrevi o primeiro, "Monstros Imaculados". Logo depois veio o quinto, "A Severe Insult to the Brain". Em seguida o sétimo, "La Côte Basque". Continuei assim, escrevendo capítulos diferentes e desordenados. Só deu certo porque a trama – ou as tramas – eram verdadeiras, e todos os personagens eram reais: era fácil lembrar de tudo porque nada era inventado.

Por fim, durante alguns meses no fim de 1974 e no início de 1975, Truman mostrou-me quatro capítulos de *Súplicas atendidas* – "Mojave",** "La Côte Basque",

---

* Um equívoco, provavelmente da Random House; a citação é de Santa Teresa de Ávila. (As notas de rodapé são de Joseph M. Fox.)

** Originalmente, "Mojave" seria o segundo capítulo do romance e representaria a tentativa de escrever um conto por parte de P. B. Jones (uma espécie de *Doppelgänger* do próprio autor). Alguns anos mais tarde, Truman achou que "Mojave" não fazia parte do livro e publicou-o como um conto avulso em *Música para camaleões*.

"Monstros Imaculados" e "Kate McCloud" – e anunciou que iria publicá-los na *Esquire*. Fui contra, porque achei precipitado fazer muitas revelações sobre o livro com tanta antecedência, mas Truman, que se achava um publicitário genial, não se convenceu. (Se Bennet Cerf, que também era amigo próximo e confidente do autor, estivesse vivo – ele morreu em 1971 –, talvez nossa desaprovação conjunta tivesse-o convencido, o que ao mesmo tempo seria improvável; Truman julgava saber muito bem o que estava fazendo.)

Mas a verdade era que ele *não sabia* o que estava fazendo. "Mojave" foi o primeiro capítulo a ser publicado e suscitou algumas reações, mas o capítulo seguinte, "La Côte Basque", provocou um terremoto que fez estremecer toda a pequena sociedade descrita por Truman. Quase todos os amigos viraram-lhe as costas por contar histórias maldisfarçadas sobre a época de colégio, e muitos nunca reataram a amizade.

Truman declarou-se irredutível ("O que mais eles esperavam? Sou um escritor e uso tudo o que está ao meu alcance. Toda essa gente achou que eu era um simples entretenimento?", ele teria dito), mas não há dúvida de que estava abalado. Estou convencido de que esse foi um dos motivos que o levou a parar de trabalhar, ao menos temporariamente, em *Súplicas atendidas* após a publicação de "Monstros Imaculados" e "Kate McCloud" na *Esquire*, em 1976.

Eu e Truman nos vimos com frequência desde 1960, quando o conheci, até 1977, dentro e fora do ambiente profissional: fizemos duas viagens ao Kansas enquanto ele escrevia *A sangue frio* e, em outra ocasião, passamos uma semana juntos em Santa Fe. Também o visitei em três ou quatro invernos em Palm Springs, onde Truman tinha uma casa para passar o Ano-Novo; além do mais, o acaso quis que ele tivesse uma casa e eu alugasse outra em Sagaponack, uma pequena comunidade rural junto ao mar na parte leste de Long Island.

Na esfera profissional, meu trabalho com Truman era pouco exigente. (Como exemplo, posso dizer que todo o trabalho editorial relacionado a *A sangue frio* foi realizado pelo sr. Shawn e por outros empregados da *The New Yorker*, que publicou a obra pela primeira vez em quatro partes entre outubro e novembro de 1965.) Mesmo assim, nosso relacionamento foi muito proveitoso. Lembro, em especial, da tarde em 1975 quando Truman entregou-me o capítulo "Monstros Imaculados". Li-o naquela noite e considerei o trabalho quase impecável, salvo por uma nota falsa. Quando ele me telefonou na manhã seguinte para saber minha opinião, fiquei muito entusiasmado, mas mencionei a palavra usada pela srta. Victoria Self em um diálogo apenas meia página depois de sua primeira aparição. "Ela não usaria essa palavra", eu disse; "diria –." (Não lembro qual foi a minha sugestão.) Truman riu com gosto. "Eu reli o capítulo noite passada", disse-me. "Decidi fazer uma única mudança e agora eu estava ligando para pedir que você trocasse a palavra justamente por essa sugestão." Foi um dos raríssimos instantes de felicitações mútuas nas relações um tanto peculiares entre editores e autores. Mas não se tratava de *auto*felicitação; antes, cada um de nós estava feliz pelo *outro*.

Mais uma vez cito o prefácio que Truman escreveu para *Música para camaleões*, algumas linhas adiante:

[...] Parei de trabalhar em *Súplicas atendidas* em setembro de 1977, mas o fato não teve relação alguma com as reações do público diante dos capítulos já publicados na época. Parei porque eu estava metido em uma confusão dos diabos, sofrendo ao mesmo tempo com uma crise artística e outra pessoal. Como a relação entre as duas coisas era inexistente, ou ao menos irrelevante, só preciso esclarecer o caos criativo.

Hoje, por maior que tenha sido o tormento, fico feliz que tenha acontecido; alterei toda a minha concepção a respeito da escrita, a minha atitude em relação à vida, à arte e ao equilíbrio entre as duas e também a minha compreensão da diferença entre a verdade e a verdade *real*.

Para começar, acho que a maioria dos escritores, inclusive os melhores, carrega demais a mão ao escrever. Eu prefiro carregar de menos. Simples, claro como um riacho na mata. Mas eu sentia que o meu estilo ficava cada vez mais denso, que eu estava usando três páginas para conseguir efeitos que precisariam de um único parágrafo. Li muitas e muitas vezes tudo o que eu havia escrito em *Súplicas atendidas* e comecei a ter dúvidas – não quanto ao material ou à minha abordagem, mas em relação à textura da própria escrita. Reli *A sangue frio* e tive a mesma impressão: em muitas partes eu não estava escrevendo tão bem quanto eu poderia, não estava aproveitando o potencial. Aos poucos, mas com apreensão cada vez maior, reli tudo o que eu havia publicado e cheguei à conclusão de que nunca na minha vida de escritor eu havia explorado toda a energia e o poder estético escondido naquele material. Mesmo quando o resultado era bom, eu percebia que havia trabalhado com menos da metade, e às vezes com apenas um terço, das forças ao meu dispor. Por quê?

A resposta veio após meses de reflexão e era um tanto simples, mas não muito agradável. Minha depressão não diminuiu em nada; na verdade, apenas piorou. A resposta criava um problema aparentemente insolúvel e, se eu não conseguisse resolvê-lo, poderia muito bem parar de escrever. O problema era: como um escritor pode condensar em uma única forma – o conto, digamos – tudo o que sabe a respeito de todas as outras formas de escrita? Essa era a razão por que meu trabalho muitas vezes parecia pouco iluminado; a energia estava lá, mas ao restringir-me à forma em que eu estava trabalhando, fosse ela qual fosse, eu não conseguia usar tudo o que sabia sobre escrever – tudo o que eu tinha aprendido com scripts de filmes, peças de teatro, reportagens, poesias, contos, novelas e romances. Um escritor precisa ter todas as cores, todas as habilidades disponíveis na mesma paleta para misturá-las (e, quando for o caso, usá-las ao mesmo tempo). Mas como?

Retomei a escritura de *Súplicas atendidas*. Excluí um capítulo* e reescrevi outros dois.** Um avanço, sem dúvida um avanço. Mas a verdade foi que precisei voltar ao jardim de infância. Lá estava eu – outra vez metido naquelas apostas sinistras! Mas eu estava empolgado; sentia um sol invisível brilhando em mim. Mesmo assim, as primeiras experiências foram meio canhestras. Eu me sentia como um garoto às voltas com uma caixa de lápis de cera.

Infelizmente, nem tudo o que Truman escreveu nos dois trechos citados acima pode ser levado ao pé da letra. Para dar um exemplo, cito a busca completa feita nos objetos pessoais do autor após sua morte por Alan Schwartz, seu advogado e executor literário, Gerald Clarke, seu biógrafo, e eu, em que não se achou quase nada relativo às cartas e aos diários mencionados.*** (O incidente é

---

* "Mojave."
** Dos três capítulos neste livro, apenas a versão publicada na *Esquire* chegou até nós.
*** O que *foi* encontrado – material suficiente para encher oito caixas de papelão – foi analisado página a página e catalogado por Gerald Clarke e pelo editor entre 1984 e 1985. O material consistia de originais manuscritos e dos primeiros, segundos e terceiros rascunhos datilografados de vários contos e romances; as provas de *A sangue frio* publicadas na *The New Yorker*, corrigidas pelo autor; algumas fotografias; muitos recortes de jornal; cadernos de anotação com as entrevistas dos personagens de *A sangue frio*; exemplares e provas de outras revistas (*Esquire, Redbook, Mademoiselle, McCall's*) com artigos e contos de sua autoria; meia dúzia de cartas – e algumas páginas com as anotações iniciais a respeito de *Súplicas atendidas*. Em 1985, todo o inventário de Capote foi doado à New York Public Library, e hoje encontra-se à disposição de estudiosos na Divisão de Livros Raros e Manuscritos da Central Research Library na 42nd Street.

bastante comprometedor, uma vez que Truman guardava praticamente tudo e não haveria motivo para destruir esses papéis.) Além do mais, não se achou nada a respeito de "A Severe Insult to the Brain" ou do último capítulo que ele afirma ter escrito no prefácio. (O título do capítulo seria "Father Flanagan's All-Night Nigger-Queen Kosher Café"; outros capítulos mencionados por Truman em conversas comigo e com outras pessoas eram "Yachts and Things" e "And Audrey Wilder Sang", um capítulo sobre Hollywood.)

Depois de 1976, meu relacionamento com Truman começou a se deteriorar. Meu palpite é que tenha começado quando ele percebeu que eu estava certo em relação a publicar os capítulos na *Esquire*, mesmo que eu nunca o tenha criticado por isso. Truman também pode ter percebido que sua habilidade como escritor estava desaparecendo e achado que eu seria um juiz demasiado severo. Como se não bastasse, pode ter sentido ao mesmo tempo culpa e desespero em relação ao impasse na escritura de *Súplicas atendidas*. Nos últimos anos ele parecia decidido não apenas a enganar a mim e a outros amigos em relação ao trabalho no livro, mas também ao público em geral; em pelo menos duas ocasiões, Truman anunciou a entrevistadores que o livro estava pronto e que já o entregara à Random House para publicação em seis meses. Eu e o nosso departamento de publicidade recebemos uma enxurrada de telefonemas e tudo o que pudemos dizer foi que não tínhamos recebido o manuscrito. Sem dúvida Truman devia estar desesperado.

Mas o fator decisivo no desgaste de nossas relações foi a dependência cada vez maior de Truman para com o álcool e as drogas de 1977 em diante. Hoje vejo que não fui tão solidário quanto eu deveria ter sido; em vez disso, concentrei-me no desperdício de talento, nos autoenganos, nas divagações infindáveis, nos telefonemas incompreensíveis à uma da madrugada – e acima de tudo na perda de um companheiro agradável, espirituoso e folgazão de dezesseis anos, o que lamentei mais do que o sofrimento cada vez maior de Truman.

Existem três teorias a respeito dos capítulos faltantes de *Súplicas atendidas*. A primeira afirma que o manuscrito completo foi guardado em um cofre em algum lugar, confiscado por um ex-amante interessado em vingança ou lucro ou ainda – essa é a mais recente suspeita – que Truman guardava-o em um depósito de bagagens no terminal de ônibus da Greyhound em Los Angeles. Mas a cada dia que passa essas hipóteses parecem menos plausíveis.

A segunda teoria é que após a publicação de "Kate McCloud", em 1976, Truman jamais tenha escrito outra linha do livro, tanto por estar arrasado com as reações despertadas pelos capítulos na esfera pública e privada como por ter percebido que a obra jamais atingiria os níveis proustianos a que aspirava. Essa teoria tem pelo menos um bom motivo para soar convincente: Jack Dunphy, amigo íntimo e companheiro de Truman por mais de trinta anos, acredita nela. Ainda assim, eram raras as vezes em que Truman discutia seu trabalho com Jack, e nos últimos anos os dois passaram mais tempo afastados do que juntos.

Uma terceira teoria, à qual eu subscrevo com alguma hesitação, é que Truman tenha de fato escrito ao menos alguns dos capítulos mencionados acima (provavelmente "A Severe Insult to the Brain" e "Father Flanagan's All-Night Nigger-Queen Kosher Café") para então destruí-los na década de 80. Em favor dessa teoria, pelo menos quatro amigos de Truman afirmam ter lido (ou que o autor lhes tenha lido) um ou dois capítulos além dos três publicados neste volume. Com certeza Truman convenceu-me da existência de outros capítulos; nos seis últimos anos de vida, quando passava a maior parte do tempo falando coisas desconexas por causa da bebida ou das drogas ou das duas coisas, almoçamos juntos inúmeras vezes enquanto ele discutia os quatro capítulos faltantes em grande detalhe, a ponto de citar linhas de diálogos que eram sempre idênticas, mesmo quando repetidas meses ou anos mais tarde. A estratégia era sempre a mesma: quando eu pedia para ver o capítulo, Truman prometia enviá-lo no dia seguinte. No fim do dia seguinte eu telefonava e Truman dizia que estava datilografando uma cópia a ser enviada na segunda-feira; e na segunda-feira ninguém atendia o telefone e ele desaparecia por uma semana ou mais. Subscrevo à terceira teoria não por relutância em admitir minha ingenuidade, mas porque Truman parecia muito convincente ao falar sobre os capítulos. Claro, é possível que os tais diálogos só existissem na cabeça dele, mas seria difícil acreditar que ele nunca os tenha posto no papel. Truman sentia muito orgulho de sua obra, mas também a via de forma muito objetiva. Minha suspeita é que em algum momento ele tenha destruído todos os resquícios de quaisquer capítulos escritos além dos três contidos neste volume.

A única pessoa que sabe a verdade não está mais conosco. Que Deus o abençoe.

JOSEPH M. FOX, 1987

I

Monstros Imaculados

Em algum lugar do mundo vive uma filósofa extraordinária chamada Florie Rotondo.

Um dia desses eu me deparei com um pensamento dela numa revista sobre as redações das crianças em idade escolar. Dizia assim: *Se eu pudesse fazer tudo o que eu quisesse, eu iria até o centro do nosso planeta, Terra, procurar urânio, rubis e ouro. Eu ia procurar Monstros Imaculados. Depois eu ia me mudar, para o campo. Florie Rotondo, oito anos.*

Florie, querida, eu sei muito bem o que você quer dizer – mesmo que você não saiba: como, aos oito anos?

Eu já estive no centro do nosso planeta; ou pelo menos sofri todas as atribulações que uma viagem dessas pode causar. Procurei urânio, rubis e ouro e, no caminho, encontrei outras pessoas nessa mesma busca. E, Florie, preste atenção – eu encontrei Monstros Imaculados! Maculados também. Mas os *i*maculados são o tipo mais raro: trufas brancas em comparação às negras; o aspargo selvagem, amargo, em vez da variedade cultivada em jardim. O que não fiz foi me mudar para o interior.

Na verdade, estou escrevendo em papel timbrado da ACM na ACM de Manhattan, onde venho existindo há um mês numa cela do segundo andar sem vista alguma. Eu queria morar no sexto – se eu resolvesse sair pela janela, faria uma diferença crucial. Talvez eu troque de quarto.

Subir. É provável que não. Sou covarde. Mas não covarde o suficiente para me atirar.

Meu nome é P. B. Jones e estou com dois corações – não sei se escrevo sobre mim agora ou se espero e ponho a informação na trama da história. Eu poderia muito bem não contar nada, ou quase nada, porque em relação a esse assunto eu me vejo como repórter, não como participante, ao menos não como um participante influente. Mas talvez seja mais fácil começar por mim.

Como eu disse, me chamo P. B. Jones; tenho 35 ou 36 anos: o motivo da incerteza é que ninguém sabe quando eu nasci nem quem eram os meus pais. Tudo o que se sabe é que eu fui abandonado na sacada de um teatro de vaudevile em St. Louis quando era bebê. Foi em 20 de janeiro de 1936. As freiras católicas me criaram em um grave orfanato de arenito que sobranceava uma das margens do rio Mississippi.

As freiras me adoravam, porque eu era uma criança esperta e linda; nunca perceberam como eu era dissimulado, ambíguo, nem o quanto eu desprezava a austeridade e o cheiro delas: incenso e água de lavar louça, velas e creosoto, suor branco. De uma das irmãs, a Irmã Marta, eu gostava bastante; ela dava aulas de inglês e tinha tanta convicção no meu talento para escrever que eu também acabei convencido. Mesmo assim, quando saí do orfanato, fugido, não deixei nenhum bilhete para ela e nunca mais entrei em contato: um exemplo típico do meu caráter embotado e oportunista.

Com o dedão em riste, sem saber para onde ir, peguei carona com o motorista de um Cadillac branco conversível. Um cara robusto de nariz quebrado e rosto vermelho, sardento, irlandês. Ninguém diria que era um veado. Mas era. Ele perguntou onde eu estava indo, e eu só dei de ombros; quis saber que idade eu tinha – eu disse dezoito, mas na verdade eu era três anos mais novo. Ele sorriu e disse: "Ah, eu não quero corromper a moral de nenhum menor".

Como se eu *tivesse* alguma moral!

Então disse, em tom solene: "Você é um garoto bonito". Verdade: meio baixo, um e setenta (às vezes um e 72), mas robusto e proporcional, com cabelo loiro acastanhado, olhos castanhos salpicados de verde e um rosto anguloso; me olhar no espelho era sempre uma experiência reconfortante. Então, quando Ned me pegou de jeito, achou que estava tirando um cabaço. Ho ho! Tendo começado cedo, aos sete ou oito anos, mais ou menos, eu já tinha feito de tudo com vários garotos mais velhos e muitos padres e também com um jardineiro negro muito charmoso. Para dizer a verdade, eu era uma espécie de puta movida a Hershey's – fazia praticamente qualquer coisa por cinco centavos de chocolate.

Morei com Ned por vários meses, mas não consigo lembrar do sobrenome dele. Ames? Ele era o massagista-chefe num grande hotel em Miami Beach – um daqueles estabelecimentos judeus cor de sorvete com nome francês. Ned me ensinou a trabalhar no ramo e, depois que nos separamos, passei a ganhar a vida como massagista em uma série de hotéis em Miami Beach. Eu também tinha alguns clientes particulares, homens e mulheres que eu massageava e treinava com exercícios corporais e faciais – ainda que os exercícios faciais sejam uma grande asneira; o único que funciona mesmo é chupar pica. Sem brincadeira, não tem nada melhor para definir o maxilar.

Graças à minha ajuda, Agnes Beerbaum melhorou os traços do rosto com ótimos resultados. A srta. Beerbaum era a viúva de um dentista de Detroit que se aposentou e foi morar em Fort Lauderdale, onde em seguida morreu de trombose. Não era rica, mas tinha dinheiro – e dor nas costas. Foi para aliviar os problemas de coluna que eu entrei na vida dela, onde permaneci tempo o suficiente para acumular, por conta de gorjetas acima do meu preço normal, mais de dez mil dólares.

Foi *nessa* época que eu devia ter me mudado para o campo.

Mas comprei uma passagem de ônibus e fui para Nova York de Greyhound. Eu tinha uma maleta sem quase nada dentro – só roupas de baixo, camisas, produtos de higiene pessoal e vários cadernos de anotações onde eu rabiscava uns poemas e contos. Eu tinha dezoito anos, era outubro; e eu nunca esqueci o brilho de Manhattan quando o ônibus foi chegando pelos pântanos fedorentos de Nova Jersey. Como Thomas Wolfe, um ídolo admirado ontem e esquecido hoje, poderia ter escrito: Ah, as promessas ocultas nas janelas! – frias e candentes no esplendor trêmulo de um pôr do sol no outono.

Desde então eu me apaixonei por várias cidades, mas só um orgasmo ininterrupto de uma hora poderia ultrapassar a alegria que senti no meu primeiro ano em Nova York. Infelizmente, resolvi casar.

Talvez a minha noiva ideal fosse a própria cidade, onde estava a minha alegria, o meu sentimento de fama inevitável, de bem-aventurança. Mas, ah, casei com uma garota. Uma amazona pálida com barriga de peixe, cabelo loiro preso e olhos lavanda amendoados. Era uma colega da Columbia University, onde eu tinha me matriculado num curso de escrita criativa ministrado por Martha Foley, uma das fundadoras/editoras da velha revista *Story*. O que eu gostava em Hulga (sim, eu sei que Flannery O'Connor batizou uma das heroínas dela de Hulga, mas não estou plagiando; é pura coincidência) era que ela nunca se cansava de me ouvir enquanto eu lia meus escritos em voz alta. Quase sempre, o conteúdo dos meus contos era o contrário do meu caráter – ou seja, terno e *triste*; mas Hulga achava tudo aquilo lindo, e aqueles enormes olhos lavanda sempre se enchiam d'água e transbordavam ao final das leituras.

Logo depois de casarmos, descobri que havia um bom motivo para os olhos dela terem uma serenidade tão imbecil e maravilhosa. Ela era imbecil. Se não, era quase. Mas com certeza tinha uns parafusos a menos. A boa e velha Hulga, mal-humorada e enorme, mas de um asseio refinado e minucioso – a típica dona de casa. Ela não tinha a menor ideia de como eu me sentia, ao menos não antes do Natal, quando os pais dela vieram nos visitar: dois suecos enormes de Minnesota, um casal de mamutes com o dobro do tamanho da filha. Estávamos morando num apartamento de um quarto perto de Morningside Heights. Hulga tinha comprado uma árvore meio como a do Rockefeller Center: ia do piso até o teto e de uma parede à outra – aquela porra estava consumindo todo o oxigênio do ar. E o escândalo que ela fez por causa daquilo, a fortuna que gastou naquela merda da Woolworth's! Eu detesto o Natal porque, com o perdão da nota melodramática, sempre me lembro do evento mais deprimente do ano lá no orfanato onde eu morei no Missouri. Na véspera de Natal, momentos antes dos pais de Hulga chegarem para o Yule, perdi a cabeça de repente: desmontei a árvore toda e atirei os pedaços um a um pela janela em meio ao clarão de fusíveis queimados e lâmpadas quebradas – e todo o tempo Hulga uivava como as porcas parindo. (Atenção, estudantes de literatura! Aliteração – vocês já perceberam? – é o menor dos meus vícios.) Aproveitei para dizer o que eu pensava dela – e pela primeira vez aqueles olhos perderam a pureza idiota.

No instante seguinte Mamãe e Papai apareceram, os gigantes de Minnesota: pareciam um time de hóquei assassino, e foi assim que reagiram. Os pais de Hulga simplesmente me esmurraram de um lado para o outro entre eles dois – e antes que eu apagasse ganhei cinco costelas quebradas, uma fissura na canela e dois olhos roxos. Depois, parece que os gigantes fizeram as malas da cria e voltaram para casa. Nunca mais tive notícias de Hulga em todos esses anos que passaram; mas, até onde sei, ainda estamos casados no papel.

Você conhece o termo *killer fruit*? É um tipo de veado que tem Freon refrigerando as veias. Diáguilev, por exemplo. J. Edgar Hoover. Hadrian. Sem querer fazer comparações com esses personagens históricos, mas o cara em que estou pensando é Turner Boatwright – Boaty, como os súditos o chamam.

O sr. Boatwright era o editor de ficção de uma revista feminina de moda que publicava textos "de qualidade". Eu o conheci, ou melhor, ele me conheceu, num dia em que falou para a nossa turma de escrita criativa. Eu estava sentado na primeira fila e, pelo jeito que o olhar gelado à espreita das virilhas gravitava na minha direção, pude notar o que se passava naquela elegante cabeça de cachos grisalhos. Muito bem, mas resolvi que eu não facilitaria as coisas. Depois da aula, os estudantes ficaram em volta para falar com ele. Eu não; saí sem ser apresentado. Um mês se passou, e durante esse tempo fiquei trabalhando nos dois contos que eu considerava os meus melhores: "Suntan", sobre michês em Miami Beach, e "Massage", que tratava das humilhações sofridas pela viúva de um dentista loucamente apaixonada por um massagista adolescente.

Com os manuscritos em mãos, fui fazer uma visita ao sr. Boatwright – sem marcar hora; simplesmente fui até a redação da revista e pedi para a recepcionista dizer ao sr. Boatwright que um dos alunos da srta. Foley queria falar com ele. Eu tinha certeza que ele saberia quem era o aluno. Quando me acompanharam até o escritório ele fingiu não lembrar de mim. Mas eu não caí nessa.

O escritório tinha uma atmosfera meio de negócios; parecia um salão vitoriano. O sr. Boatwright estava sentado em uma cadeira de balanço ao lado de uma mesa coberta com xales franjados que servia de escrivaninha;

havia uma outra cadeira de balanço no outro lado da mesa. O editor, com um jeito sonolento que pretendia disfarçar sua atenção viperina, fez um gesto para que eu me sentasse (descobri mais tarde que a cadeira dele tinha uma almofadinha com a palavra MÃE bordada). Mesmo sendo um dia lindo de primavera, as cortinas de veludo pesado, num tom que eu acho que se chama cor de pulga, estavam fechadas; a única luz vinha de dois abajures, um com a pantalha vermelho-escura, o outro, verde. Um lugar interessante, o covil do sr. Boatwright; com certeza a gerência lhe dava bastante liberdade.

"Então, sr. Jones?"

Expliquei o motivo da minha visita, disse que eu tinha me impressionado com a palestra dele na Columbia University, com a vontade que tinha de ajudar novos autores, e anunciei que eu tinha levado dois contos para avaliação.

Ele respondeu, a voz assustadora por conta de um gracioso sarcasmo: "Mas por que você veio pessoalmente? Em geral se usa o correio".

Sorri, e meu sorriso é um convite encantador; em geral é assim que o interpretam. "Achei que o senhor não fosse ler. Um escritor desconhecido e sem agente? Não acho que muitos contos assim cheguem até o senhor."

"Se forem bons o suficiente, chegam. Minha assistente, a srta. Shaw, é uma leitora muito hábil e sensível. Que idade você tem?"

"Vou fazer vinte em agosto."

"E você se acha um gênio?"

"Não sei." Não era verdade; eu tinha certeza que sim. "É por isso que estou aqui. Eu gostaria de saber a sua opinião."

"Estou vendo que você é um tanto ambicioso. Ou isso tudo é só para impressionar? Afinal você é o quê, judeu?"

Minha resposta não foi nenhum motivo de orgulho; mesmo sendo um tanto implacável comigo mesmo (será?), jamais deixei de usar meu passado para despertar a compaixão alheia. "Talvez. Fui criado num orfanato. Nunca conheci os meus pais."

Mesmo assim, o cavalheiro tinha acertado em cheio o meu ponto fraco. Ele sabia com quem estava lidando; eu já não tinha mais tanta certeza. Na época eu estava imune aos vícios mecânicos – fumava pouco, não bebia. Mas nesse instante, sem pedir, escolhi um cigarro numa caixa de tartaruga; quando eu ia acendê-lo, todos os fósforos na carteira explodiram. Uma pequena fogueira se acendeu na minha mão. Dei um salto, sacudindo os dedos e choramingando.

Meu anfitrião não fez mais do que apontar com frieza os fósforos que ainda queimavam no chão. Ele disse: "Cuidado. Dê um jeito de apagar isso. Vai estragar o tapete." Logo: "Venha aqui. Me dê a sua mão."

Os lábios dele se abriram. Devagar, a boca dele envolveu meu indicador, o dedo mais chamuscado. O sr. Boatwright mergulhou o meu dedo nas profundezas de sua boca, puxou-o de volta quase até soltar, mergulhou-o na boca outra vez – como um caçador recolhendo o líquido venenoso de uma serpente. Quando parou, ele disse: "Está melhor assim?"

O equilíbrio tinha se alterado; deu-se uma transferência de poder, ou ao menos era o que eu achava. "Bem melhor; obrigado."

"Ótimo", disse ele, levantando-se para chavear a porta do escritório. "Agora vamos continuar o tratamento."

Não, não era tão simples assim. Boaty era um cara durão; se necessário, ele teria pago por seus prazeres, mas jamais publicaria um conto meu. Sobre os dois manuscritos que eu entreguei, ele disse: "Não são grande coisa. Em geral eu nem daria incentivo a alguém com um talento tão limitado quanto o seu. É a coisa mais cruel que se pode fazer – incentivar as pessoas a achar que têm talentos que na verdade não têm. Mas você tem um certo jeito com a palavras. Tem feeling para a caracterização dos personagens. Talvez sirva para alguma coisa. Se você quiser arriscar, mesmo sabendo que pode arruinar a sua vida, me disponho a ajudar. Mas não acho que seja uma boa ideia."

Eu devia ter escutado. Devia ter me mudado para o campo naquele instante. Mas era tarde demais, pois eu já tinha começado minha jornada ao centro da Terra.

O papel está acabando. Acho que vou tomar uma ducha. E depois me mudar para o sexto andar.

Me mudei para o sexto andar.

Acontece que a minha janela dá de cara para o prédio ao lado; mesmo que eu pulasse do parapeito, só conseguiria bater a cabeça. Setembro está muito quente e o meu quarto é tão pequeno, tão quente que preciso deixar a porta aberta dia e noite, o que é lamentável porque, como em muitas ACMs, os corredores murmuram com as passadas abafadas de cristãos libidinosos; se você deixa a porta aberta, isso em geral é entendido como um convite. Mas comigo não é nada disso, não senhor.

No dia em que comecei essa narrativa eu não sabia se ia continuar a escrevê-la ou não. Mas acabo de chegar de uma *drugstore*, onde comprei uma caixa de lápis Blackwing, um apontador e meia dúzia de blocos de anotação. De qualquer jeito, não tenho nada melhor a fazer. Afora procurar um emprego. Só que eu não sei que tipo de emprego procurar – a não ser que eu voltasse às massagens. Já não sirvo para grande coisa. E, para ser sincero, não consigo parar de pensar que, se eu trocar a maioria dos nomes, eu poderia publicar essa história como um romance. Porra, não tenho nada a perder; algumas pessoas vão querer me matar, claro, mas vou entender isso como um elogio.

Depois que eu enviei mais de vinte contos, Boaty comprou um deles. Ele mexeu em todo o texto e reescreveu a metade, mas pelo menos eu tinha alguma coisa publicada. "Many Thoughts of Morton", de P. B. Jones. Era sobre uma freira apaixonada por um jardineiro negro chamado Morton (o mesmo jardineiro que era apaixonado por mim). Consegui alguma atenção e republicaram o conto no *Best American Short Stories* daquele ano; além disso, uma distinta amiga de Boaty, a srta. Alice Lee Langman, gostou da história.

Boaty tinha uma casa geminada de arenito, antiga e espaçosa; ficava na zona leste do upper Eighties. O interior era uma cópia exagerada do escritório, um caos de móveis vitorianos escarlate em crina de cavalo: cortinas de miçanga e corujas empalhadas franzindo a testa em redomas de vidro. Esse estilo *démodé* era de uma raridade cômica na época, e o salão de Boaty era um dos pontos de encontro social mais concorridos em Manhattan.

Foi lá que conheci Jean Cocteau — um raio laser ambulante com um ramo de *muguet* na lapela; me perguntou se eu tinha tatuagens e, quando eu disse que não, seu olhar inteligentíssimo ficou vidrado e virou-se em outra direção. Dietrich e Garbo às vezes apareciam na casa de Boaty, Garbo sempre na companhia de Cecil Beaton, que eu conheci quando ele bateu minha foto para a revista de Boaty (ouvi um diálogo entre os dois. Beaton disse: "A coisa mais triste de envelhecer é ver as minhas partes íntimas diminuírem". Garbo, depois de uma pausa triste, respondeu: "Ah, quem me dera poder dizer o mesmo".)

Na verdade, podia-se encontrar um número extraordinário de pessoas célebres na casa de Boaty, artistas tão variados quanto Martha Graham e Gispy Rose Lee, tipos enfeitados junto a um leque de pintores (Tchelíschev, Cadmus, Rivers, Warhol, Rauschenberg), compositores (Bernstein, Copland, Britten, Barber, Blitzstein, Diamond,

Menotti) e, em número ainda maior, escritores (Auden, Isherwood, Wescott, Mailer, Williams, Styron, Porter e, muitas vezes, quando estava em Nova York, Faulkner, o aficionado em Lolitas, quase sempre grave e polido sob o peso duplo da gentileza incerta e de uma ressaca de Jack Daniel's). Também Alice Lee Langman, que Boaty julgava ser a primeira mulher de letras dos Estados Unidos.

Para todas essas pessoas, as que ainda estão vivas, eu devo ser apenas uma lembrança insignificante. Se tanto. Claro, Boaty teria lembrado de mim, ainda que sem nenhum prazer (até imagino o que ele diria: "P. B. Jones? Ah, aquele vagabundo! Sem dúvida hoje ganha a vida oferecendo o rabo a pederastas árabes nos *souks* de Marrakech"); mas Boaty já se foi, espancado até a morte em sua casa de mogno por um michê porto-riquenho chapado de heroína que o deixou com os dois olhos fora das órbitas e pendurados na altura das bochechas.

E Alice Lee Langman morreu ano passado.

O *New York Times* publicou o obituário na primeira página, junto com o famoso retrato feito por Arnold Genthe em Berlim, em 1927. Mulheres criativas não costumam ser apresentáveis. Olhe só para Mary McCarthy! – e seguido a tomam por uma Grande Beldade. Alice Lee Langman, no entanto, era um cisne entre os outros cisnes do século: estava à altura de Cleo de Merode, da marquesa de Casa Maury, de Garbo, Barbara Gushing Paley, das três irmãs Wyndham, de Diana Duff Cooper, Lena Home, Richard Finnochio (o travesti que atende pelo nome de Harlow), Gloria Guiness, Maia Plissêtskaia, Marilyn Monroe e, por fim, da incomparável Kate McCloud. Já houve várias lésbicas intelectuais com um físico atraente: Colette, Gertrude Stein, Willa Cather, Ivy Compton-Burnett, Carson McCullers, Jane Bowles; e, na categoria de graça simples e agradável, tanto Eleanor Clark como Katherine Anne Porter fazem jus à reputação que têm.

Mas Alice Lee Langman era uma presença perfeita, uma dama esmaltada com a qualidade andrógina, a aura de ambivalência sexual que parece um denominador comum entre algumas pessoas cujo poder de atração atravessa todas as fronteiras – uma mística que não se restringe às mulheres, pois Nuriêv a tem, Nehru a tinha, e também o jovem Marlon Brando e Elvis Presley, e também Montgomery Clift e James Dean.

Quando conheci a srta. Langman, e eu nunca a chamava de outro jeito, ela tinha quase sessenta anos, mas alguma força sobrenatural parecia conservar a aparência que tinha no antigo retrato de Genthe. A autora de *Wild Aspargus* e *Five Black Guitars* tinha olhos da cor das águas anatolianas, e o cabelo, liso e azul-prata, era escovado para trás, adaptando-se como um chapéu de vento à sua cabeça erguida. O nariz lembrava o de Pávlova: saliente, um pouco irregular. Era pálida, com um palor saudável, uma brancura de maçã, e quando falava era difícil entendê-la, porque a voz, ao contrário da de muitas mulheres de origem Dixie, não era aguda nem ligeira (só os homens do Sul *arrastam* as palavras), mas abafada, tão cello-contralto quanto as rolas-carpideiras.

Na primeira noite na casa de Boaty ela perguntou: "Você me acompanha até em casa? Estou escutando uns trovões, e eu tenho medo."

Ela não tinha medo de trovões nem de coisa alguma – exceto de amores não correspondidos e sucesso comercial. A fama da srta. Langman, ainda que merecida, era fruto de um romance e de três volumes de contos pouco vendidos e pouco lidos fora da academia e dos pastos de letrados ruminantes. Como o preço dos diamantes, seu prestígio dependia de uma produção controlada e escassa; e, nesses termos, ela era um sucesso estrondoso, a rainha do golpe da escritora residente, das tramoias envolvendo prêmios, da falcatrua de altos honorários, de toda essa merda de financiar artistas iniciantes. Todo mundo, a Ford Foundation, a Guggenheim Foundation, o National Institute of Arts and Letters, o National Council on the Arts, a Library of Congress et al., jogava-lhe verdinhas isentas de imposto, e a srta. Langman, como aqueles anões de circo que perdem o emprego se crescem três ou quatro centímetros, percebia cada vez mais que seu prestígio viria abaixo se o grande público começasse a ler seus livros e a homenageá-la. No meio-tempo ela raspava as fichas da caridade como um crupiê – o suficiente para comprar um apartamento na Park Avenue, pequeno mas estiloso.

Depois de dar continuidade a uma infância serena no Tennessee – o que convinha à filha de um pastor protestante, como ela – com uma virada que incluía noites boêmias em Berlim e Xangai assim como em Paris e Havana, e de passar por quatro maridos, um deles o lindo surfista de 21 anos que ela conheceu enquanto dava aulas em Berkeley, a srta. Langman havia voltado, ao menos em assuntos materiais, aos valores antigos que ela pode ter até guardado por um tempo, mas jamais perdido.

Em retrospectiva, com o conhecimento adquirido desde então, consigo apreciar o bom-gosto do apartamento da srta. Langman. Na época eu achei o ambiente frio e sem sal. A mobília "macia" estava coberta por um tecido limpíssimo, branco como as paredes nuas; o piso era muito encerado e não tinha tapete. Apenas *jardinières* brancas abarrotadas de folhas verdes quebravam a atmosfera glacial do interior; e também várias peças assinadas, entre elas uma escrivaninha de opulência austera e um belo jogo de estantes para livros em jacarandá. "Eu prefiro ter dois garfos bons de verdade", disse-me a srta. Langman, "do que uma dúzia de garfos apenas bons. É por isso que o apartamento tem tão poucos móveis. Vivo apenas com o melhor, mas não consigo bancar o suficiente. Mesmo assim, tralha não combina com o meu caráter. Prefiro a praia vazia num dia de inverno com o mar calmo. Eu enlouqueceria numa casa como a de Boaty."

Nas entrevistas, muitas vezes descreviam a srta. Langman como uma interlocutora espirituosa; mas como ser espirituosa sem ter senso de humor? – e ela não tinha nenhum, o que era sua grande falha como pessoa e artista. Mas é verdade que gostava de falar: uma palpiteira incansável na cama: "Não, Billy. Fique com a camisa e não tire as meias o primeiro homem que eu vi estava só de camisa e meia. O sr. Billy Langman. O reverendo Billy. Eu gosto de ver um homem de meias com o billy em ponto de bala aqui Billy pegue esse travesseiro e ponha aqui embaixo isso isso mesmo que gostoso ah Billy que *gostoso* gostoso que nem Natasha uma vez eu tive um caso com uma Sapatona Russa Natasha trabalhava na Embaixada Russa em Varsóvia e ela estava sempre a fim ela gostava de esconder uma cereja lá embaixo e depois comer ah Billy não consigo *não consigo* tire sem sem entre aqui querido e me chupe assim assim quero segurar seu billy mas Billy por que você parou? vamos! mais!"

Por quê? Porque eu sou uma pessoa que, quando se envolve com sexo, precisa de silêncio absoluto, o silêncio da concentração perfeita. Talvez seja resultado do meu treinamento como puta movida a Hershey's na puberdade e porque muitas vezes me obriguei a encarar parceiros sem nenhum brilho – mas qualquer que seja o motivo, para eu chegar até o limite e cair no abismo toda a mecânica precisa vir acompanhada de grandes fantasias, de um cinema mental inebriante que não se presta a esse tipo de falatório amoroso.

A verdade é que poucas vezes estou com a pessoa com que estou, por assim dizer; e tenho certeza que muita gente compartilha essa dependência de um cenário íntimo, fragmentos eróticos imaginados e relembrados, sombras irrelevantes para o corpo acima ou abaixo de nós – essas imagens que nossas mentes aceitam durante as convulsões sexuais mas excluem depois que afastamos o animal selvagem, pois, independente do quão tolerantes possamos ser, esses episódios são intoleráveis para as cruéis sentinelas que nos habitam. "Ah que bom que bom e que bom Billy eu quero esse billy agora assim uh uh uh *assim* mas mais devagar devagar e mais devagar agora força força venha com força *ay ay los cojones* quero ouvir o barulho deles devagar devagar tirtiraaaaatira agora força força *ay ay* papai meu Deus tende piedade meu Deus meu Deus caralhopapaidocéu goze comigo Billy! goze!" Como, se a dama não permite que eu me concentre em nada mais excitante do que a pessoa escandalosa, inquieta e descontrolada que ela é? "Vamos ouvir, vamos ouvir o barulho deles": foi o que disse a grande *mademoiselle* da imprensa cultural enquanto se retorcia numa sequência de triunfos múltiplos que durou sessenta segundos. Fui para o banheiro, me espreguicei na banheira fria e seca e, pensando os pensamentos necessários (assim como a srta. Langman, no silêncio íntimo por sob a agitação pública, distraía-se com os seus: relembrando... a infância? olhares demasiado penetrantes do reverendo Billy? nu a não ser pela camisa e pelas meias? ou uma língua feminina untada em mel pirulitando para todos os lados numa tarde de inverno? ou um italiano estúpido entupido de nhoque descoberto em Palermo e fodido como um porco num passado remoto, quente e siciliano?), me masturbei.

Tenho um amigo que não é veado mas também não é chegado em mulheres, e ele disse: "As únicas mulheres que servem para alguma coisa são a sra. Punho e suas cinco filhas". Tem muita coisa a favor da sra. Punho – é higiênica, nunca faz escândalo, não custa nada, é eternamente fiel e está sempre à mão quando a gente precisa.

"Obrigada", disse a srta. Langman quando eu voltei. "É incrível que alguém da sua idade entenda tão bem do assunto. Tenha tanta confiança. Achei que eu teria um aprendiz, mas pelo visto ele não tem nada mais a aprender."

Esta última frase é bastante característica – direta, sincera, mas ainda assim um pouco *floreada*, literária. Mesmo assim, eu via muito bem as vantagens e o prestígio que um jovem escritor ambicioso teria ao virar o *protégé* de Alice Lee Langman e, assim, fui morar no apartamento da Park Avenue. Boaty, ao receber a notícia, e também porque não ousava contradizer a opinião da srta. Langman mas ao mesmo tempo queria dar uma puteada nela, telefonou e disse: "Alice, quero dizer uma coisa porque afinal você conheceu essa criatura na minha casa. Me sinto responsável. Cuidado! Ele dorme com qualquer um – mulas, homens, cachorros, hidrantes. Ainda ontem recebi uma carta furiosa de Jean [Cocteau]. De Paris. Ele passou uma noite com o nosso amigo no Plaza Hotel. E agora tem gonorreia para provar! Nem Deus sabe com quem aquela criatura anda se esfregando. É melhor você ir ao médico. E mais uma coisa: o garoto é um larápio. Me roubou mais de quinhentos dólares falsificando a minha assinatura em cheques. Eu poderia mandar ele amanhã para o xadrez." Parte disso até poderia ser verdade, mas não era; entende agora o que eu queria dizer com *killer fruit*?

Não que tivesse importância alguma; a srta. Langman não daria a mínima se Boaty provasse que eu tinha aplicado um golpe num par de gêmeos siameses soviéticos corcundas para roubar o último rublo deles. Ela estava apaixonada por mim, me dizia isso, e eu acreditava; uma noite, com a voz ondulante e instável depois de exagerar no vinho tinto e no amarelo, ela me perguntou – ah, com um jeito tão choramingoso e estúpido que você tinha vontade de arrancar os dentes dela a soco, mas também de beijá-la – se eu a amava; eu, como bom mentiroso, respondi que claro. Por sorte, sofri com os horrores profundos do amor uma única vez – você vai ficar sabendo quando a hora chegar; prometo. Mas voltemos à tragédia da srta. Langman. Será possível – não estou certo – amar alguém quando o seu objetivo principal é usar essa pessoa? Será que o interesse no ganho pessoal e o peso da culpa acumulada não impedem o avanço de outros sentimentos? Pode-se alegar que mesmo os casamentos mais decentes foram inicialmente motivados pelo princípio de exploração mútua – sexo, segurança, um ego satisfeito; mas isso ainda é humano, trivial: a diferença entre proceder assim e usar *de verdade* uma outra pessoa é a mesma entre os cogumelos comestíveis e os letais: Monstros Imaculados.

O que eu queria da srta. Langman era: o agente dela, o editor dela, o nome dela ao lado de uma resenha que declarasse o meu trabalho a oitava maravilha do mundo num desses periódicos trimestrais bolorentos mas importantes para a academia. Esses objetivos foram, cada um a seu tempo, alcançados e expandidos vertiginosamente. Logo depois das intervenções prestigiosas da srta. Langman, P. B. Jones recebeu uma Guggenheim Fellowship ($3.000), uma bolsa do National Institute of Arts and Letters ($1.000) e um adiantamento relativo a um livro de contos ($2.000). Além disso, a srta. Langman preparou esses contos, nove deles, poliu-os até conseguir um brilho perfeito e então os resenhou, *Súplicas atendidas e outros contos*, primeiro na *Partisan Review* e depois outra vez no *New York Times Book Review*. Foi ela que escolheu o título; ainda que não houvesse nenhum conto chamado "Súplicas atendidas", ela disse: "É um ótimo nome. Santa Teresa de Ávila disse, 'Mais lágrimas são derramadas por súplicas atendidas do que pelas não atendidas.' Talvez a citação não seja bem assim, mas nós podemos ir atrás. O importante é que o tema do seu livro, da forma como eu o entendo, são pessoas que atingem um objetivo desesperado que no fim se volta contra elas – acentuando e acelerando o desespero."

Foi profético: *Súplicas atendidas* não atendeu a nenhuma das minhas súplicas. Quando o livro saiu, muitas figuras importantes da cena literária acharam que a srta. Langman tinha exagerado no apoio ao seu Gigolô-Mirim (essa foi a descrição de Boaty; ele também disse a todo mundo: "Pobre Alice. É *Chéri* e *O fim de Chéri* ao mesmo tempo!") e incorrido numa falta de integridade bastante grave para uma artista tão respeitada.

Não posso dizer que os meus contos estivessem no nível de Flaubert e Turguêniev, mas sem dúvida tinham mérito suficiente para não passarem despercebidos. Ninguém os criticou; teria sido melhor, menos doloroso do que esse vazio cinza de rejeição que embotava e nauseava e provocava sede de martínis antes do meio-dia. A srta. Langman estava tão angustiada quanto eu – sofrendo com a minha decepção, dizia ela, mas na verdade era porque suspeitava que as doces águas de sua reputação cristalina houvessem recebido uma bela descarga de esgoto.

Nunca vou esquecer dela sentada naquele salão impecável, com o gim e as lágrimas injetando sangue nos lindos olhos, acenando, acenando, acenando a cabeça, absorvendo cada palavra das minhas agressões etílicas, a culpa que eu lhe atribuía pelo fracasso do livro, pelo meu fracasso, meu inferno gelado; acenando, acenando a cabeça, mordiscando os lábios, suprimindo os menores sinais de retaliação, aceitando tudo porque estava tão segura de seus dons quanto eu me sentia inseguro e paranoico em relação aos meus, e porque ela sabia que uma única frase certeira de seus lábios seria fatal – e porque temia que, se eu fosse embora, eu seria de fato o último de todos os *chéris*.

Velho ditado texano: Mulher é que nem cascavel – a última parte a morrer é o rabo.

Algumas mulheres aguentam qualquer coisa para conseguir uma foda, às vezes durante a vida inteira; e a srta. Langman, segundo dizem, foi uma dessas, até que um derrame a matou. Mas, como Kate McCloud disse, "Uma bela trepada vale por uma viagem ao redor do mundo – em mais de um sentido". E Kate McCloud, como todos sabemos, falava por experiência própria: meu Deus, se Kate tivesse tantos paus no lado de fora quanto já teve por dentro ela ia parecer um porco-espinho.

Mas a srta. Langman, R.I.P., tinha acabado de escrever um trecho da História de P. B. Jones – um Lançamento da Paranoid em parceria com a Priapus Productions; afinal, P. B. já tinha encontrado o futuro. O nome dele era Denham Fouts – Denny, como era chamado pelos amigos, entre eles Christopher Isherwood e Gore Vidal, que após sua morte o empalaram como personagem de suas obras, Vidal no conto "Páginas de um diário abandonado" e Isherwood em seu romance *Na vida, de passagem*.

Denny, muito antes de aparecer na minha vida, era uma figura lendária para mim, uma lenda chamada: O Menino Mais Bem-Cuidado do Mundo.

Quando Denny tinha dezesseis anos ele morava numa cidade fronteiriça de brancos pobres na Flórida e trabalhava na padaria do pai. A salvação dele – alguns diriam a ruína – foi um milionário gorducho que apareceu numa bela manhã dirigindo um Duesenberg 1936 conversível personalizado novinho em folha. O sujeito era um magnata do ramo de cosméticos que tinha ficado rico graças a uma loção bronzeadora; já tinha casado duas vezes, mas nutria uma certa preferência por jovens Ganimedes de catorze a dezessete anos. Ao ver Denny ele deve ter se sentido como um colecionador de porcelana que entra num bricabraque vagabundo e descobre um conjunto "cisne branco" de Meissen: o espanto! o calafrio da ganância! Ele comprou rosquinhas, convidou Denny para dar uma volta no Duesenberg, chegou até a lhe oferecer o volante; e naquela mesma noite, sem nem ao menos passar em casa para pegar roupas de baixo limpas, Denny estava a 160 quilômetros de distância em Miami. Um mês depois os pais dele, que estavam desesperados após mandar grupos de busca aos pântanos da região, receberam uma carta franqueada em Paris, França. A carta virou a primeira entrada num bloco de anotações em vários volumes: *As viagens universais de nosso filho Denham Fouts.*

Paris, Túnis, Berlim, Capri, St. Moritz, Budapeste, Belgrado, Cap Ferrat, Biarritz, Veneza, Atenas, Istambul, Moscou, Marrocos, Estoril, Londres, Bombaim, Calcutá, Londres, Londres, Paris, Paris, Paris – e o proprietário original dele já tinha ficado lá atrás, ah, bem lá atrás em Capri, querido; porque foi em Capri que Denny se engraçou e fugiu com um bisavô de setenta anos que também era diretor da Dutch Petroleum. O cavalheiro perdeu Denny para a realeza – o príncipe Paulo, mais tarde rei Paulo, da Grécia. A diferença de idade entre Denny e o príncipe era menor, e a afeição entre os dois era bastante equilibrada, a tal ponto que uma vez visitaram um tatuador em Viena e fizeram tatuagens iguais – uma pequena insígnia azul acima do coração, mas já não lembro o que era nem o que significava.

Também não me lembro de nada sobre o término do relacionamento, afora que O Fim veio com uma discussão que começou porque Denny inventou de cheirar pó no bar do Hotel Beau Rivage em Lausanne. A essas alturas Denny, como Porfirio Rubirosa, mais um mito que passava de boca em boca por todo o circuito continental, já havia despertado a condição *sine qua non* do aventureiro bem-sucedido: o mistério e a curiosidade popular em relação à sua origem. Para dar um exemplo, tanto Doris Duke quanto Barbara Hutton tinham pago um milhão de dólares para descobrir se outras senhoras estavam mentindo ao elogiar aquele michê de ar safado que era Sua Excelência o Embaixador Dominicano Porfirio Rubirosa, gemendo ao falar sobre a eficácia gorda do caralho mestiço, supostamente uma tora cor de café com leite com 28 centímetros e a grossura de um punho (segundo as mulheres que tinham rodopiado no colo dos dois, o único à altura do embaixador na parada de pingolas era o xá do Irã). Já em relação ao finado príncipe Aly Khan – que além de honesto era um grande amigo de Kate McCloud – em relação a Aly, a única coisa que Feydeau e os farsantes que passavam pelos lençóis de sua cama queriam saber era: será mesmo que o sujeito aguenta cinco sessões de uma hora no mesmo dia sem gozar nenhuma vez? Imagino que você já saiba; mas, em caso negativo, a resposta é sim – um truque oriental, quase um passe de mágica, chamado *karezza*, cujo ingrediente principal não é o vigor espermático, mas o controle imagético: você chupa e fode enquanto imagina um caixote marrom ou um cachorro passeando. Claro, também é preciso estar sempre embuchado de ostras e de caviar e não ter nenhuma ocupação que possa interferir no sono e no ronco e na concentração em caixotes marrons.

As mulheres experimentavam com Denny: a Célebre Daisy Fellowes, Herdeira das Máquinas de Costura Americanas Singer, arrastou-o de um lado ao outro pelo Mar Egeu em seu vistoso iate, o *Sister Anne*; mas as principais contribuições para a conta bancária de Denny em Genebra continuaram vindo dos giletões mais ricos – um chileno do *le tout Paris*, Arturo Lopez-Willshaw, o maior fornecedor de guano (merda fóssil de pássaro) do planeta, e o Marquês de Cuevas, companheiro de viagem de Diáguilev. Mas em 1938, durante uma visita a Londres, Denny encontrou seu último e definitivo cafetão: Peter Watson, herdeiro de um empresário do ramo de margarinas, não era apenas mais uma bicha rica, mas – fazendo um tipo meio corcunda, intelectual, de expressão amarga – um dos homens mais atraentes de toda a Inglaterra. Foi o dinheiro dele que deu o sopro inicial e sustentou a revista *Horizon*, de Cyril Connolly. O círculo de Watson ficou um tanto abalado quando o amigo discreto, que em geral demonstrava apenas um interesse normal por jovens marinheiros, tomou-se de amores pelo notório Denny Fouts, um "playboy exibicionista", um viciado em drogas, um americano que falava como se estivesse mastigando meio quilo de pão de milho do Alabama.

Mas era preciso ter experimentado a pegada estranguladora de Denny, uma pressão que levava a vítima aos limites do sono eterno, para entender a atração que despertava. Denny prestava-se a um único papel, o de Amado, pois era tudo o que ele jamais tinha sido. Assim, exceto pelos eventuais flertes com o comércio marítimo, o Amado tinha sido Watson, um sujeito perturbado que adotava com seus admiradores uma conduta que faria inveja a Sade (uma vez Watson saiu em uma viagem marítima para dar meia volta ao mundo com um jovem aristocrático e inebriado de amor a quem negou beijos e carícias, ainda que os dois dormissem noite após noite na mesma cama estreita – ou melhor, o sr. Watson dormia, enquanto o amigo perfeitamente decente definhava e tremia com a insônia e a dor nas bolas).

Claro, como em geral acontece à maioria dos homens inclinados ao sadismo, Watson tinha impulsos masoquistas paralelos; mas foi apenas Denny, com seu faro de *puttana* para os desejos reprimidos dos clientes tímidos, que conseguiu desvendá-lo e tomar as providência necessárias. Quando a maré vira, só um humilhador nato é capaz de apreciar os aspectos mais doces da humilhação: Watson estava apaixonado pela crueldade de Denny, pois Watson era um artista reconhecendo o trabalho de um mestre, obras-primas que deixavam o elegante sr. W. estendido em comas lúcidos de inveja e de um delicioso desespero. O Amado chegou a usar o vício das drogas para obter vantagens sado-românticas, pois Watson, forçado a sustentar um hábito que deplorava, estava convencido de que só o seu amor e a sua atenção poderiam salvar o Amado de se enterrar na heroína. Mas quando o Amado queria mesmo uma volta do parafuso, bastava mexer na caixa de remédios.

Parece que foi a preocupação com o bem-estar de Denny que levou Watson a insistir, em 1940, quando o bombardeio alemão começou, para que Denny saísse de Londres e voltasse aos Estados Unidos – uma jornada que Denny fez escoltado pela esposa americana de Cyril Connolly, Jean. O casal nunca mais se reencontrou – Jean Connolly, com seu jeito bondoso e biológico, passou dessa para melhor como resultado de uma farra repleta de soldados marujos marines marijuana com a hégira hedônica de Denny e Jean país afora.

Denny passou os anos da guerra na Califórnia, boa parte deles como prisioneiro num campo para objetores de consciência; mas nos primeiros dias por lá ele conheceu Christopher Isherwood, que estava trabalhando em Hollywood como cenografista. Eis aqui como, no livro de Isherwood previamente mencionado, que eu olhei na biblioteca pública hoje pela manhã, ele descreve Denny (ou Paul, como o chama): "A primeira vez em que vi Paul, quando entrou no restaurante, lembro de ter notado seu estranho jeito ereto de caminhar; ele estava quase paralisado de tensão. Paul sempre foi esbelto, mas na época tinha a magreza de um garoto e estava vestido como um adolescente, com um ar exagerado de inocência que parecia pedir que o desmascarassem. O terno preto sem graça, com o peito estreito e sem ombreiras, camisa branca limpa e gravata preta lisa, conferia-lhe o aspecto de algum recém-chegado vindo de um internato religioso. A maneira jovial de vestir não me pareceu ridícula, pois combinava com sua aparência. Mas, como eu sabia que ele beirava os trinta, essa jovialidade tinha um efeito meio sinistro, como alguma coisa preservada por meios sobrenaturais."

Sete anos mais tarde, quando fui morar na Rue du Bac 33, endereço do apartamento de Peter Watson na Rive Gauche em Paris, o Denham Fouts que encontrei, ainda que estivesse mais pálido que seu cachimbo de ópio favorito, de marfim, não estava muito diferente do amigo de Herr Issyvoo na Califórnia: ainda tinha uma vulnerabilidade jovial, como se a juventude fosse uma solução química em que Fouts estivesse mergulhado.

Mas como P. B. Jones acabou em Paris, hóspede no crepúsculo de pés-direitos altos em aposentos fechados e labirínticos?

Um momento, por favor: vou até os chuveiros no andar de baixo. Pelo sétimo dia consecutivo, o calor de Manhattan passou dos 32 graus.

Alguns dos sátiros cristãos desse estabelecimento tomam tantos banhos e ficam vadiando por tanto tempo que parecem bonequinhas Kewpie encharcadas; mas eles são jovens e, em geral, bonitos. No entanto, o mais obcecado dentre os maníacos sexuais higiênicos, e também um incansável praticante do sobe-e-desce-vai-e-vem pelos dormitórios, é um cara mais velho com o apelido de Gums. Gums é manco, cego do olho esquerdo, uma ferida eterna escorre no canto de sua boca, marcas de varíola devastam sua pele como tatuagens diabólicas, pestilentas. Agora mesmo ele passou a mão na minha coxa e eu fingi que não notei; mas o toque deixa uma sensação irritante, como se os dedos dele fossem ramos de urtiga.

Súplicas atendidas tinha sido publicado já havia alguns meses quando recebi de Paris um bilhete muito direto: "Caro sr. Jones, Seus contos são brilhantes. O retrato de Cecil Beaton também. Por favor venha me visitar. Estou lhe enviando uma passagem de primeira classe a bordo do *Queen Elizabeth*, que zarpará de Nova York com destino a Le Havre no dia 24 de abril. Se o senhor exigir alguma referência, fale com Beaton: somos velhos amigos. Cordialmente, Denham Fouts."

Como disse antes, eu já tinha ouvido muitas histórias a respeito de Denham Fouts – o bastante para saber que não era o meu estilo literário que tinha motivado essa carta ousada, mas a fotografia minha que Beaton tinha tirado para a revista de Boaty e que eu tinha usado na sobrecapa do livro. Mais tarde, quando conheci Denny, entendi o que naquele rosto tinha-o traumatizado a ponto de arriscar esse convite e de reforçá-lo com um presente que não tinha como pagar – *não tinha como* depois de ser abandonado por um Peter Watson de saco cheio, morando no apartamento de Watson em Paris como um posseiro de amanhã incerto e existindo graças à caridade de amigos sinceros e antigos pretendentes semichantageados. A fotografia dava uma impressão totalmente equivocada a meu respeito – um garoto cristalino, honesto, imaculado, com gotículas de orvalho e claro como as chuvas de abril. Ho ho ho.

Nunca me passou pela cabeça a ideia de não ir; nem a de contar para Alice Lee Langman que eu iria – ela voltou do dentista e descobriu que eu tinha feito as malas e partido. Não dei tchau para ninguém, apenas fui embora; sou do tipo, e com certeza não é um tipo raro, que poderia ser o seu melhor amigo, um cara que falava todo dia com você, mas se um dia você deixasse de fazer contato, se *você* esquecesse de *me* telefonar, então seria o fim, nunca mais iríamos conversar, porque *eu* não telefonaria jamais para *você*. Conheci pessoas assim de sangue-frio e nunca as entendi, ainda que eu mesmo fosse uma delas. Apenas fui embora, sim: o navio zarpou à meia-noite, meu coração alto como o clangor dos gongos, o rumor rude das chaminés. Lembro de ver o brilho da meia-noite em Manhattan bruxulear e escurecer em meio à chuva de confetes – luzes que eu não veria por doze anos. E eu lembro, enquanto cambaleava até uma cabine da classe turística (depois de ter trocado a passagem de primeira classe e embolsado o troco), eu lembro de escorregar numa poça de champanhe vomitado e deslocar o pescoço. Uma pena eu não ter quebrado.

Quando penso em Paris, a cidade me parece tão romântica quanto um mictório entupido, tão atraente quanto um cadáver nu flutuando no Sena. As memórias são azuis e nítidas, como cenas que emergem entre as passadas lânguidas de um limpa-vidros; e me vejo saltando poças, porque lá é sempre inverno e chuvoso, ou me vejo sentado folheando a *Time* no terraço deserto do Deux Magots, porque também é sempre domingo de tarde em agosto. Me vejo acordando em quartos de hotel sem aquecimento, quartos distorcidos ondulando em uma ressaca de Pernod. Pela cidade, pelas pontes, andando pelo corredor solitário de vitrines que liga as duas entradas do Ritz, esperando no bar do Ritz por um rosto americano endinheirado, filando umas bebidas por lá, mais tarde no Bouef-sur-le-Toit e na Brasserie Lipp, depois suando até o dia raiar com um bando de putas e pretos chapados numa pegação desenfreada, azul com o *bleu* dos gauleses; e acordar de novo em um quarto torto guinando com uma exuberância cadavérica no olhar. Admito que a minha vida tinha pouco em comum com a dos trabalhadores locais; mas nem os franceses aguentam a França. Ou melhor, eles adoram o país mas desprezam seus conterrâneos – incapazes como são de perdoar nos outros os mesmos pecados que cometem: desconfiança, avareza, inveja, maldade generalizada. Depois de pegar nojo de um lugar é difícil mudar de opinião. Mas por um breve período eu tive outra opinião. Eu via Paris como Denny queria que eu visse, e como ele mesmo ainda queria ver.

(Alice Lee Langman tinha várias sobrinhas, e uma vez a mais velha, uma garota interiorana e bem-educada chamada Daisy, que nunca tinha saído do Tennessee, foi visitar Nova York. Gemi quando ela apareceu; por um tempo eu precisei sair do apartamento da srta. Langman; e, o que foi pior, tive que levar Daisy para conhecer a cidade, mostrar as Rockettes, o alto do Empire State Building, o ferry de Staten Island, oferecer cachorro-quente do Nathan's Famous em Coney Island, feijão cozido das máquinas, todo esse lixo. Agora eu lembro de tudo com uma nostalgia picante; Daisy aproveitou muito, e eu ainda mais, porque foi como se eu tivesse entrado dentro da cabeça dela e estivesse vendo e experimentando tudo do interior daquele observatório virginal. "Ah", disse Daisy ao provar o sorvete de pistache da Rumpelmayer's, "isso é demais"; e "Ah", disse Daisy quando nos juntamos a uma multidão na Broadway que gritava para um suicida se atirar de um parapeito no velho Roxy, "isso é muito demais".)

Quanto a mim, eu era Daisy em Paris. Eu não falava uma palavra em francês e nunca teria aprendido se não fosse por Denny. Ele me forçou a aprender se recusando a falar qualquer outra língua. A não ser que a gente estivesse na cama; mas deixe-me explicar direito, mesmo que Denny quisesse dormir comigo, o interesse que tinha por mim era romântico, não sexual; Denny não sentia atração por ninguém; me disse que não fazia a quadratura do círculo havia dois anos porque o ópio e a cocaína o tinham castrado. Muitas vezes íamos juntos ver filmes na Champs Elysées, e lá pelas tantas ele sempre começava a suar, saía correndo para o banheiro masculino e tomava uma dose de drogas; à noite fumava ópio ou tomava chá de ópio, uma mistura que ele preparava fervendo as crostas que se acumulavam no interior do cachimbo. Mas ele não cabeceava; nunca o vi entorpecido pela droga ou fraco.

Talvez no fim da noite, com as primeiras luzes do dia avançando em direção às cortinas fechadas, Denny pudesse sofrer uma recaída e ter um surto voluptuoso e opaco. "Garoto, me diga uma coisa, você já ouviu falar do Father Flanagan's Nigger Queen Kosher Café? Soa familiar? Pode apostar as bolas. Mesmo que você nunca tenha ouvido e pense que é só uma espelunca no Harlem, mesmo assim você conhece o lugar por *algum* nome, e claro que também sabe o que é e onde fica. Uma vez eu passei um ano meditando num monastério da Califórnia. Sob a supervisão de Sua Santidade, o reverendo sr. Gerald Heard. Em busca dessa... Coisa Importante. Essa... Coisa Divina. *Eu tentei*. Nenhum homem jamais esteve mais exposto. Dormir e acordar cedo, rezar, rezar, nada de bebida, nada de cigarro, eu sequer batia punheta. E tudo o que resultou dessa tortura pútrida foi... O Father Flanagan's Nigger Queen Kosher Café. Isso mesmo: é lá que atiram você no fim da linha. Logo depois do lixão. Cuidado onde você pisa: não vá acertar aquela cabeça decapitada. Agora bata na porta. Toc-toc. A voz de Father Flanagan: 'Quem foi que mandou você?' Pelo amor, pelo amor de Deus, seu irlandês cretino. Lá dentro... é... muito... relaxante. Porque não tem nenhuma pessoa bem-sucedida na multidão. São todos uns incapazes, em especial aqueles bebezões com barriga de chope e gordas contas numeradas no Credit Suisse. Aí você pode soltar o cabelo, Cinderela. E admitir que aquilo é o fim da picada. Que alívio! Entregar os pontos, pedir uma Coca-Cola e dar uma volta com um velho amigo como por exemplo aquele garoto *bacana* de doze anos lá de Hollywood que puxou um canivete de escoteiro e roubou meu lindo relógio Cartier oval. O Nigger Queen Kosher Café! O verde frio, tranquilo como o túmulo, o fundo do poço! Por isso que eu me drogo: só a meditação pura e simples não basta para me fazer chegar onde eu quero, me manter lá, escondido e feliz com Father Flanagan e os Milhares de Rejeitados, ele e todos os outros judeus, pretos, latinos, veados, sapatões, viciados e comunistas. A felicidade de estar onde você se sente em casa: Sim senhor, senhor! Só que – o preço é alto demais, eu estou me matando." Então, abandonando o tom cômico de segunda: "Eu estou, você sabe. Mas você me fez mudar de ideia. Eu não teria nada contra a vida. Desde que você morasse comigo, Jonesy. É um jeito de arriscar a cura; e o risco é *real*. Eu já tentei isso uma outra vez. Numa clínica em Vevey; e toda noite as montanhas desabavam em cima de mim, e toda manhã eu queria me afogar no Lac Léman. Mas e você, o que faria? A gente podia voltar para os Estados Unidos e comprar um posto de gasolina. Não, sem brincadeira. Eu sempre quis ser dono de um posto de gasolina. Em algum lugar no Arizona. Ou Nevada. Última Chance para Abastecer. Seria um lugar bem tranquilo, e você poderia escrever contos lá. Eu sou um cara saudável. E também sou um cozinheiro de mão cheia."

Denny me oferecia drogas, mas eu recusava, e ele nunca insistia, ainda que uma vez tenha dito: "Está com medo?" Sim, mas não das drogas; era a vida desregrada de Denny que me assustava, e eu não queria acabar como ele de jeito nenhum. É estranho lembrar, mas segui fiel aos meus princípios: eu me via como um jovem sério com um talento sério, não como um vagabundo oportunista, um golpista emocional que tivesse furado a srta. Langman até que os Guggenheims jorrassem dela como um gêiser. Eu sabia que eu era um bastardo mas eu me perdoava porque, afinal de contas, eu tinha *nascido* bastardo – um bastardo talentoso que só tinha obrigações para com o próprio talento. Apesar das farras noturnas, da azia causada pelo conhaque e do estômago azedado pelo vinho, todo dia eu conseguia escrever cinco ou seis páginas de um romance; nada podia interferir nisso, e nesse aspecto Denny era uma presença ameaçadora, um fardo pesado – eu sentia que se não me livrasse dele, como Sinbad e o incômodo Velho do Mar, teria de carregá-lo nas costas pelo resto da vida. Mas eu gostava de Denny e não queria abandoná-lo enquanto estivesse viciado em narcóticos.

Então eu disse a ele que tentasse a cura. Mas acrescentei: "Não vamos fazer nenhuma promessa. Depois você pode acabar se atirando ao pé da cruz ou limpando penicos para o dr. Schweitzer. Ou talvez esse seja o *meu* destino." Como eu era otimista naqueles dias de bem-aventurança! – combater moscas tsé-tsé e limpar penicos com a língua seria o nirvana untado em mel se comparado às dificuldades que eu enfrentaria dali em diante.

Decidimos que Denny viajaria sozinho para a clínica em Vevey. Nos despedimos na Gare de Lyon; Denny estava meio chapado de alguma coisa e parecia, com o rosto corado – o rosto de um anjo austero e vingativo –, ter vinte anos. A conversa trôpega dele ia de postos de gasolina à viagem que uma vez tinha feito ao Tibete. Por fim Denny disse, "Se alguma coisa der errado, por favor destrua tudo o que é meu. Queime as minhas roupas. Minhas cartas. Eu não quero dar esse gosto a Peter."

Combinamos de não nos falar até que Denny saísse da clínica; então, supostamente, tiraríamos férias em um dos vilarejos costeiros perto de Nápoles – Positano ou Ravello.

Como eu não tinha nenhuma intenção de levar o plano adiante nem de reencontrar Denny se eu pudesse evitar, saí do apartamento na Rue du Bac e me mudei para um quartinho embaixo do beiral do Hotel Pont Royal. Na época o Pont Royal tinha um barzinho decorado em couro no porão que era o reduto favorito dos porcos da *haute Bohème*. Sartre, o zarolho pálido de cachimbo na boca, e sua amante solteirona, De Beauvoir, quase sempre ficavam escorados num canto como dois bonecos de ventríloquo. Seguido eu via Koestler lá, sempre bêbado; um anão violento que por qualquer motivo distribuía bofetadas. E Camus – esbelto, com sua modéstia afiada, um homem de cabelos crespos, castanhos, de um vívido olhar aquoso e com uma expressão eternamente inquieta e vigilante: uma pessoa acessível. Eu sabia que ele era editor da Gallimard e uma vez me apresentei como um escritor americano que tinha publicado um livro de contos – será que ele poderia lê-los e avaliar a possibilidade de a Gallimard publicar uma tradução? Mais tarde, Camus devolveu o exemplar que eu tinha enviado com um bilhete dizendo que o inglês dele não era bom o suficiente para dizer com certeza, mas que ele achava que eu tinha talento para dar vida aos personagens e criar tensão. "Só que esses contos me parecem muito abruptos e inacabados. Mas se você tiver mais trabalhos, eu gostaria de vê-los." Depois disso, sempre que eu encontrava Camus no Pont Royal, e uma vez numa festa da Gallimard onde eu entrei de penetra, ele sempre acenava com a cabeça e me dava um sorriso encorajador.

Outra cliente do bar, que eu conheci lá e que me pareceu bastante amigável, foi a vicomtesse Marie Laure de Noailles, poetisa admirada, *saloniste* encarregada de um salão onde as presenças ectoplásmicas de Proust e Reynaldo Hahn ameaçavam materializar-se a qualquer instante, esposa excêntrica de um aristocrata *Marseillais* aficionado por esportes e companheira afetuosa, talvez pouco seletiva, do Julien Sorel de então: meu caça-níqueis perfeito. *Mais alors* – um outro jovem aventureiro americano, Ned Rorem, já tinha ganho todas as fichas. Apesar dos defeitos – a papada molenga, os lábios túmidos como se picados por abelhas e a *coiffure* repartida ao meio que tinha uma semelhança mórbida com o retrato de Oscar Wilde pintado por Lautrec –, dava para entender o que

Rorem via em Marie Laure (um teto elegante para dormir, alguém para promover suas melodias na estratosfera da França musical), mas o contrário não é verdadeiro. Rorem tinha nascido no Centro-Oeste, uma bicha Quaker – ou seja, um Quaker bicha – uma mistura insuportável de comportamento herético e devoção religiosa. Ele se achava a própria reencarnação de Alcibíades, reluzente como o sol, dourado, e muitos outros compartilhavam da mesma opinião, ainda que eu não fosse um deles. Para começar, o crânio dele tinha contornos criminosos: achatado atrás, como o de Dillinger; e o rosto, liso, doce como massa de bolo, era uma mistura infeliz de fraqueza e capricho. Mas é provável que eu esteja sendo injusto, porque eu tinha inveja de Rorem, inveja da cultura dele, da reputação mais sólida como jovem promissor e do sucesso estrondoso como Dildo Vivo para Rachas Velhas, que é como nós gigolôs chamamos nossos talões de cheques femininos. Se você se interessa pelo assunto, sugiro que leia as confissões de Ned no *Paris Diary*; são bem-escritas e cruéis como só um Quaker marginal sem papas na língua poderia ser. Eu queria saber o que passou pela cabeça de Marie Laure quando leu o livro. Claro, ela já enfrentou dores maiores do que as revelações lamurientas de Ned poderiam causar. Seu último companheiro, ou o último que eu conheci, era um pintor búlgaro peludo que se matou cortando o pulso e depois, com um pincel na mão e usando a artéria aberta como paleta, cobriu duas paredes com um mural abstrato de pinceladas rubras marcantes.

Na verdade, devo ao bar do Pont Royal muitas amizades, entre elas a da notável americana expatriada, srta. Natalie Barney, herdeira de convicções e princípios morais independentes que vivia em Paris havia mais de sessenta anos.

Durante todos esses anos a srta. Barney tinha morado no mesmo apartamento, uma suíte de cômodos surpreendentes perto de um pátio na Rue de l'Université. Janelas de vitral e claraboias de vitral – um tributo à Art Nouveau que teria feito o velho Boaty delirar: abajures Lalique esculpidos em forma de rosas leitosas, mesas medievais abarrotadas com fotos de amigos emolduradas em ouro e casca de tartaruga: Apollinaire, Proust, Gide, Picasso, Cocteau, Radiguet, Colette, Sarah Bernhardt, Stein e Toklas, Stravínski, as rainhas da Espanha e da Bélgica, Nadia Boulanger, Garbo posando aconchegada com o velha amiga Mercedes de Acosta, e Djuna Barnes, esta última uma ruiva sensual de lábios apimentados que seria difícil reconhecer como a autora de *No bosque da noite* (e hoje heroína eremita do Patchin Place). Qualquer que fosse a idade cronológica dela, que devia passar de oitenta, a srta. Barney, quase sempre trajando flanela cinza masculina, dava a impressão de ter estacionado na cor de pérola dos cinquenta. Ela gostava de carros e dirigia um Bugatti esmeralda com capota de lona – pelo Bois ou até Versailles nas tardes agradáveis. Às vezes eu era convidado, pois a srta. Barney gostava de palestrar e achava que eu tinha muito a aprender.

Uma vez tivemos uma outra convidada, a viúva da srta. Stein. A viúva queria passar num armazém italiano onde, segundo disse, era possível comprar uma trufa branca inigualável colhida nos morros ao redor de Turim. A loja ficava num bairro afastado. Enquanto o carro avançava, a viúva disse de repente: "Não estamos perto do estúdio de Romaine?" A srta. Barney, enquanto me dirigia um inquietante olhar especulativo, respondeu: "Vamos parar aqui? Eu tenho uma chave."

A viúva, uma aranha bigoduda apalpando os palpos, esfregou as mãos recobertas por luvas pretas e disse: "Ah, deve fazer trinta anos!"

Depois de subir seis lances de escada num prédio sinistro que cheirava a mijo de gato, aquela colônia persa (e romana também), chegamos ao estúdio de Romaine – fosse lá quem fosse; nenhuma das minha companheiras ofereceu explicação alguma sobre a amiga, mas eu senti que ela tinha se juntado à maioria e que a srta. Barney vinha mantendo o estúdio como uma espécie de museu-santuário jogado às traças. A luz úmida do entardecer, vazando pelas claraboias encardidas de sujeira, misturava-se aos objetos de uma sala imensa: cadeiras ocultas por panos, um piano com um xale espanhol, candelabros espanhóis com velas meio queimadas. Nada aconteceu quando a srta. Barney ligou um interruptor.

"Que o diabo carregue", disse ela, como os habitantes das pradarias americanas, e acendeu um candelabro, levando-o consigo enquanto nos conduzia ao outro lado da sala para mostrar as pinturas de Romaine Brooks. Havia talvez setenta quadros, todos retratos de um realismo maçante e exagerado; as modelos eram mulheres, e todas elas usavam roupas idênticas, paramentadas com gravata branca e fraque. Sabe quando você sabe que vai lembrar de uma coisa pelo resto da vida? Eu nunca ia esquecer o momento, a sala, aquele monte de sapatões – todas elas, a julgar pelo penteado e pela maquiagem, pintadas entre 1917 e 1930.

"Violet", disse a viúva enquanto examinava o retrato de uma loira esbelta com cabelo curto e um monóculo que ampliava o olhar penetrante. "Gertrud gostava dela. Mas eu sempre achei que era uma garota má. Lembro que ela tinha uma coruja. O bicho ficava numa gaiola tão pequena que não conseguia nem se mexer. Só ficava parada lá dentro. Com as penas saltando para fora. Violet ainda está viva?"

A srta. Barney meneou a cabeça. "Ela tem uma casa em Fiesole. Um brinco. Ouvi dizer que ela está fazendo o tratamento de Niehans."

Por fim chegamos a uma pintura que reconheci como sendo a saudosa companheira da viúva – retratada com um copo de conhaque na mão esquerda e um charuto na direita, em nada lembrando o monolito marrom que Picasso tentou passar por genuíno, mas fazendo o estilo Diamond Jim Brady, uma exibicionista barriguda, que parece estar mais próxima da verdade. "Romaine", disse a viúva, cofiando o frágil bigode, "Romaine tinha uma boa técnica. Mas ela *não é* uma artista."

A srta. Barney achou por bem discordar. "Romaine", disse ela, num tom gélido como os Alpes, "é um pouco limitada. *Mas*. Romaine é uma artista brilhante!"

A srta. Barney também acertou meu encontro com Colette, que eu desejava muito conhecer, não pelos motivos oportunistas de sempre, mas porque Boaty havia me mostrado a obra dela (por favor lembre-se de que, em assuntos intelectuais, eu sou um caroneiro que vai completando a educação ao longo de autoestradas e por baixo de pontes) e eu a respeitava: *My Mother's House* é genial, incomparável no tratamento sensual dos detalhes – paladar, olfato, tato, visão.

Eu também estava curioso a respeito dessa mulher; sentia que uma pessoa com as vivências dela, tão inteligente como ela, devia ter algumas respostas. Então fiquei muito agradecido quando graças à srta. Barney pude tomar um chá com Colette em seu apartamento no Palais Royal. "Mas", advertiu-me a srta. Barney, falando ao telefone, "não a canse com uma visita muito longa; ela passou o inverno inteiro doente."

É verdade que Colette me recebeu no quarto – sentada em uma cama dourada como Luís XIV em uma recepção matinal; no mais, ela parecia tão indisposta quanto a pintura de um Watusi conduzindo a dança tribal. A *maquillage* estava à altura da tarefa: olhos oblíquos, brilhantes como os de um Weimaraner, com rímel nas bordas; um rosto singelo e atento retocado com pó branco como os palhaços; os lábios, apesar da idade, ostentavam o carmesim molhado, lustroso, excitante das *strippers*; e o cabelo era vermelho, ou avermelhado, um tom de rosa, um arranjo sensual. O quarto tinha o cheiro do perfume dela (a uma certa altura eu perguntei qual era, e Colette respondeu: "Jicky. A imperatriz Eugênia sempre usava. Eu gosto porque é um perfume à moda antiga com uma história elegante, e porque é espirituoso sem ser grosseiro – como os bons interlocutores. Era o perfume de Proust. Ao menos foi o que Cocteau me disse. Mas claro que ele não é muito confiável"), do perfume e dos cestos de fruta e da brisa de junho que soprava as cortinas de *voile*.

O chá foi trazido por uma criada, que deixou a bandeja na cama já abarrotada de gatos sonolentos e cartas, livros e revistas e vários bibelôs, em especial uns quantos pesos de papel antigos em cristal francês – na verdade, muitos desses objetos preciosos estavam dispostos em cima das mesas e do consolo da lareira. Eu nunca tinha visto um daqueles; ao notar meu interesse, Colette escolheu um exemplar e segurou-o contra a luz amarela de um abajur: "O nome desse é Rosa Branca. Como você pode ver, uma única rosa branca envolta pelo mais puro cristal. Foi feito na fábrica de Clichy em 1850. Os melhores pesos de papel foram produzidos entre 1840 e 1900 por apenas três empresas – Clichy, Baccarat e St. Louis. Quando comecei a comprá-los nos bricabraques e em outros lugares casuais eles não eram muito caros, mas nas últimas décadas virou moda colecionar pesos de papel, uma verdadeira mania, e os preços dispararam. Para mim" – Colette iluminou um globo que encerrava um lagarto verde e outro com um cesto de cerejas – "eles são melhores que joias. Ou esculturas. Uma música silenciosa, esses universos de cristal. Mas agora", disse ela, como quem volta ao que interessa, "me diga o que você espera da vida. Além de fama e fortuna – que são o óbvio." Eu respondi: "Não sei o que espero. Sei o que eu gostaria. Eu gostaria de ser adulto."

As pálpebras pintadas de Colette ergueram-se e caíram como as asas vagarosas de uma enorme águia azul. "Mas isso", disse ela, "é justamente o que nenhum de nós vai ser um dia: adulto. Você quer dizer um espírito trajando nada mais que um saco de cinzas e de sabedoria? Livre de toda a *malícia* – de toda a maldade e ganância e culpa? Impossível. Voltaire, até mesmo Voltaire tinha uma criança dentro dele, uma criança ciumenta e irritada, um garotinho imundo que passava o tempo inteiro cheirando os dedos. Voltaire arrastou esse garotinho ao túmulo, e nós vamos fazer a mesma coisa. O papa na sacada... pensando num rostinho bonito da Guarda Suíça. E o juiz inglês de peruca elegante, no que pensa ao mandar um homem para a forca? Na justiça e na eternidade e em assuntos *adultos*? Ou será que estaria pensando em como se eleger no Jockey Club? Claro, os homens têm grandes *momentos* adultos, momentos nobres que ocorrem de vez em quando, e dentre todos eles é claro que a morte é o mais importante. A morte sem dúvida põe o garotinho imundo a correr e deixa o que restou de nós como um simples objeto sem vida, mas puro, como a Rosa Branca. Tome" – ela me alcançou o cristal florido –, "ponha no seu bolso. Guarde-a como um lembrete de que ser durável e perfeito, ser adulto de verdade, é ser um objeto, um altar, uma figura no vitral: algo a ser celebrado. Mas sério, é muito melhor espirrar e se sentir humano."

Uma vez eu mostrei o presente a Kate McCloud, que bem poderia ser avaliadora da Sotheby's, e ela me disse: "Colette devia estar louca. Por que ela daria uma coisa dessas a você? Um peso Clichy dessa qualidade vale... ah, uns cinco mil dólares, no mínimo."

Eu preferia não saber disso, pois não queria ver o presente como uma reserva para os momentos difíceis. Mas eu jamais iria vendê-lo, ainda mais agora, que não tenho onde cair morto nem fodendo – porque, enfim, eu aprecio o peso de papel como um talismã abençoado por um tipo de santo, e as situações em que não se sacrifica um talismã são pelo menos duas: quando você tem tudo e quando você não tem nada – as duas são um abismo. Ao longo das minhas viagens, enfrentando a fome e o desespero suicida, um ano de hepatite num hospital empenado pelo calor e infestado de moscas em Calcutá, me apeguei à Rosa Branca. Aqui na ACM eu a escondi embaixo da cama; está enfiada dentro de uma das velhas meias de esqui amarelas de Kate McCloud, que por sua vez está escondida dentro da minha única valise, uma mala da Air France (quando fugi de Southampton, fui embora o mais rápido possível, e duvido que eu volte a ver as maletas Vuitton, as camisas Battistoni, os ternos Lanvin, os sapatos Peal; não que eu me importe, pois a visão faria com que eu sufocasse no meu próprio vômito).

Agora mesmo eu a peguei, a Rosa Branca, e nas facetas cintilantes vi os campos nevados sob o céu azul de St. Moritz e vi Kate McCloud, um espectro ruivo escarranchado sobre um par de esquis Kneissl, passar de lado em alta velocidade, inclinada para trás em uma pose elegante e precisa como o próprio cristal frio de Clichy.

Anteontem à noite choveu; pela manhã uma sopro outonal de ar seco do Canadá evitou a onda seguinte, então eu saí para dar um passeio, e quem eu encontrei se não Woodrow Hamilton! – o responsável, ainda que indireto, por essa minha última aventura desastrosa. Lá estava eu em pleno zoológico do Central Park, interagindo com uma zebra, quando uma voz incrédula disse: "P. B.?" – e era ele, o descendente do nosso vigésimo oitavo presidente. "Meu Deus, P. B. Você está..."

Eu sabia como eu estava por baixo da minha pele cinza, do meu terno ensebado de anarruga. "E qual é o problema?"

"Ah. Entendo. Pensei se você não estaria envolvido. Tudo o que eu sei foi o que li no jornal. Deve ser uma história e tanto. Escute", disse ele quando viu que eu não ia responder, "vamos passar ali no Pierre e tomar alguma coisa."

No Pierre não me atenderam porque eu não estava de gravata; então fomos até um pub na Third Avenue e, no caminho, decidi que eu não ia falar sobre Kate McCloud ou nada do que tinha acontecido, nem tanto para ser discreto, mas porque a ferida ainda era muito recente: minhas tripas estavam se arrastando pelo chão.

Woodrow não insistiu; ele pode parecer um quadrado elegante de celuloide, mas na verdade essa é a camuflagem que protege os aspectos mais suscetíveis de sua natureza. Eu o tinha visto pela última vez no Trois Cloches em Cannes, um ano atrás. Ele disse que tinha um apartamento em Brooklyn Heights e que estava lecionando grego e latim numa escola preparatória para garotos em Manhattan. "Mas", disse pensativo, "tenho um outro trabalho de meio turno. Acho que você pode se interessar: a julgar pela aparência, eu diria que uns trocados a mais não lhe fariam mal."

Woodrow examinou a carteira e me entregou uma nota de cem dólares: "Ganhei isso aqui hoje à tarde, dançando em volta da árvore de maio com uma senhora formada no Vassar College, turma de 1909"; depois um cartão: "Foi assim que a conheci. Que conheci todo mundo. Homens. Mulheres. Crocodilos. Foder por farra e por lucro. Acima de tudo, por lucro."

No cartão estava escrito: THE SELF SERVICE. PROPRIETÁRIA SRTA. VICTORIA SELF. O endereço era na West Forty-second Street e o telefone tinha um prefixo de CIrcle.

"Então", disse Woodrow, "se arrume e vá encontrar a srta. Self. Ela vai arranjar um emprego para você."

"Acho que eu não daria conta de um emprego agora. Estou muito acabado. E tentando voltar a escrever."

Woodrow mordiscou a cebolinha de seu Gibson. "Eu não diria que é um *emprego*. Só umas poucas horas da semana. Afinal, que tipo de serviço você acha que o The Self Service presta?"

"Aluguel de garanhões, é claro. Telepau."

"Ah, você *estava* prestando atenção – parecia tão distante. Aluguel de garanhões, com certeza. Mas não é só isso. O negócio é muito organizado. La Self está sempre pronta para qualquer coisa em qualquer lugar de qualquer jeito a qualquer momento."

"Que estranho. Eu nunca tinha imaginado você como um garanhão de aluguel."

"Nem eu. Mas faço o tipo bem-educado, de terno cinza e óculos com armação de chifre. Acredite, a demanda é enorme. Mas La Self atende a todos os gostos. Ela tem de tudo, de brutamontes porto-riquenhos a policiais novatos e corretores de ações."

"Como vocês se conheceram?"

"Ah", disse Woodrow, "é uma longa história." Ele pediu mais um drinque; eu recusei, porque não tinha tomado mais nada desde aquela última bebedeira de gim com Kate McCloud, e um só drinque já tinha me deixado surdo (o álcool prejudica minha audição). "Só vou dizer que foi graças a um sujeito que eu conheci em Yale. Dick Anderson. Ele trabalha na Wall Street. Um cara muito bacana, mas que não se deu muito bem, ou ao menos não bem o suficiente para morar em Greenwich e ter três filhos, dois deles estudando em Exeter. No último verão eu passei uma semana com a família Anderson – ela é uma garota *muito* legal; eu e Dick ficamos sentados tomando Cold Duck, que é uma misturança feita com champanhe e borgonha; cara, me revira o estômago só de pensar. E

Dick me disse: 'A maior parte do tempo eu sinto nojo. Só *nojo*. Porra, você aceita qualquer coisa quando tem dois filhos em Exeter!'" Woodrow conteve uma risada. "Parece John Cheever, não? Um sujeito duro mas honesto ralando a bunda para pagar a mensalidade do country club e dar uma boa educação aos filhos."

"Não."

"Não o quê?"

"Cheever é um escritor cauteloso demais para arriscar um corretor de ações que vende o caralho de porta em porta. Ninguém acreditaria numa coisa dessas. O trabalho dele é sempre realista, mesmo quando o resultado é ridículo – como *O rádio enorme* ou *O nadador*."

Woodrow não gostou do comentário; com todo o cuidado, pus a nota de cem dólares em um bolso interno, onde ele teria mais trabalho se resolvesse pegá-la de volta. "Mas se é verdade, e é mesmo, por que as pessoas não acreditariam?"

"Só porque uma coisa é verdade não quer dizer que ela seja convincente, seja na vida ou na arte. Pense em Proust. Será que *Em busca...* teria a aura que tem se fosse historicamente literal, se Proust não tivesse trocado sexos, alterado situações e identidades? Se ele tivesse sido factual ao extremo, o livro não seria menos plausível, mas" – esse era um pensamento recorrente – "eu poderia ter feito melhor. Menos aceitável, mas melhor." No fim decidi pedir mais um drinque. "Eis a questão: a verdade é ilusória, a ilusão é verdadeira ou as duas coisas são no fundo a mesma? Eu não dou a mínima para o que falam a meu respeito, desde que mintam."

"Talvez seja melhor você desistir desse outro drinque."

"Você acha que eu estou bêbado?"

"Bem, você está divagando."

"Só estou relaxado."

Woodrow disse, cheio de bondade: "Então você voltou a escrever. É um romance?"

"Um relato. Um depoimento. Mas sim, vou *chamar* de romance. Se um dia eu terminar. Afinal eu nunca termino coisa nenhuma."

"Você já escolheu o título?" Ah, Woodrow estava com as perguntas de praxe na ponta da língua!

"*Súplicas atendidas.*"

Woodrow franziu a testa. "Conheço isso de algum lugar."

"Só se você foi um dos trezentos doidos que comprou o meu primeiro e único livro até agora. Também se chamava *Súplicas atendidas*. Sem nenhum motivo especial. Mas dessa vez eu tenho um motivo."

"*Súplicas atendidas*. Imagino que seja uma citação."

"Santa Teresa. Eu nunca fui atrás, então não sei direito o que ela disse, mas é algo como 'Mais lágrimas são derramadas por súplicas atendidas do que pelas não atendidas'."

Woodrow disse: "Acho que estou começando a entender. O livro – é sobre Kate McCloud e companhia!"

"Eu não diria que é *sobre* eles – mas estão todos lá."

"Então é sobre o quê?"

"A verdade como ilusão."

"E a ilusão como verdade?"

"A primeira. A segunda é uma proposta diferente."

Woodrow perguntou como assim, mas o uísque estava fazendo efeito e eu me sentia surdo demais para explicar; mas eu *poderia* ter respondido que como a verdade não existe, ela nunca pode ser mais do que ilusão – mas a ilusão, subproduto de artifícios reveladores, pode chegar às alturas mais próximas do cume inalcançável da Verdade Absoluta. Como por exemplo homens que imitam mulheres. O imitador é na verdade um homem (verdade), até que se recria como mulher (ilusão) – e entre esses dois aspectos, a ilusão é o mais verdadeiro.

Pelas cinco horas daquela tarde, com o pessoal saindo dos escritórios, eu estava me arrastando pela Forty-Second Street à procura do endereço no cartão da srta. Self. O estabelecimento ficava acima de uma loja de artigos pornográficos, um desses antros recobertos de pôsteres coloridos com picas pendentes e bocetas arregaçadas. Enquanto eu me aproximava, um cliente de saída, alguém de aparência respeitável e anônima, deixou cair um embrulho, que se abriu, espalhando dúzias de fotografias preto-e-branco na calçada – nada de extraordinário, apenas os sessenta-e-noves de sempre e as garotas com marshmallow em surubas a três; mesmo assim, alguns pedestres ficaram olhando enquanto o dono se ajoelhava para juntar seus pertences. A pornografia, na minha opinião, vem sendo mal-entendida, porque ela não cria tarados nem os põe à espreita nos becos – é apenas um paliativo para os sexualmente frustrados e oprimidos, afinal para que serve a pornografia se não para estimular a masturbação? E com certeza a masturbação é a alternativa mais prazerosa para os homens "na ponta dos cascos", como dizem os criadores de cavalo.

Um cafetão porto-riquenho ridicularizou o homem de joelhos ("O que você quer com isso aí quando eu tenho putas lindas e de verdade?"), mas eu tive pena: ele parecia um jovem pastor solitário que tinha surrupiado todo o dízimo dominical para comprar fotinhos de bater punheta; então fui ajudá-lo a juntar as revistas – mas no instante em que comecei ele me deu um murro na cara: um golpe de caratê que deu a impressão de ter quebrado alguma coisa.

"Caia fora!", rosnou ele. Eu disse: "Nossa, eu só queria ajudar." E ele disse: "Caia fora. Antes que eu acabe com você." O rosto dele estava vermelho a ponto de me ofuscar, e então percebi que aquilo não era apenas a cor da raiva mas também a da vergonha – achei que ele achou que eu pretendia roubar as fotos, mas na verdade o que o enfureceu foi o sentimento de pena implícito na ajuda que ofereci.

Ainda que a srta. Self seja uma empresária muitíssimo bem-sucedida, com certeza ela não esbanja nas aparências. O escritório fica no quinto andar de um prédio sem elevador. THE SELF SERVICE: uma porta de vidro jateado com a inscrição. Mas eu hesitei (será que eu queria mesmo fazer aquilo? Bem, não tinha mais nada que eu *preferisse* fazer, ao menos não por dinheiro). Penteei o cabelo, vinquei as pernas da calça espinha de peixe recém-comprada por cinquenta dólares em uma promoção pague uma leve duas na Robert Hall, toquei a campainha e entrei.

Na entrada do escritório não havia nada além de um banco, uma escrivaninha e dois jovens cavalheiros, um deles o secretário-recepcionista sentado atrás da mesa e o outro um lindo mulato com terno de seda azul-escura *muito* moderno; os dois optaram por ignorar a minha presença.

"...e depois", disse o mulato, "eu fiquei uma semana com Spencer em San Diego. Spencer! Oooeee ele é um *foguete*, uau! Uma noite a gente estava rodando pela autoestrada de San Diego e Spencer pegou um marujo negão, um legítimo naco de carne defumada do Alabama em forma de garoto, e mandou ver no banco de trás, e depois o cara disse: 'Eu tendo o que eu ganho co isso. Foi bom. Mas eu nuntendo o que que vocês ganho co isso.' E Spencer disse para ele: 'Ah, cara. É uma dilícia. Buceta no palito'."

O secretário se virou na minha direção com um olhar verde-inverno que era pura reprovação. Ele era loiro, e como! – a pele tinha o brilho dourado oleoso de longos fins de semana em Cherry Grove. Mas o aspecto geral era um tanto bolorento – uma espécie de Uriah Heep bronzeado. "Pois não?", perguntou em uma voz fria que escalava o ar como fumaça mentolada.

Eu respondi que gostaria de falar com a srta. Self. Ele perguntou a respeito do quê, e eu respondi que Woodrow Hamilton tinha me indicado. Ele disse: "Você precisa preencher um cadastro. Quer se inscrever como cliente? Ou como candidato a emprego?"

"Como candidato a emprego."

"Mmmmm", refletiu o Belo Negro, "que pena. Eu não me importaria de fazer uns belos ovos mexidos com você, bonitão." E o secretário, emputecido e polido, respondeu: "Lester, já chega. Tire o rabo de cima da mesa e vá correndo até o Americana. Você tem um compromisso às cinco e meia. Quarto 507."

Quando eu completei o questionário, que não perguntava nada além de Idade? Endereço? Profissão? Estado civil?, a filha de Drácula sumiu para dentro do escritório com o papel – e enquanto estava lá entrou uma garota, rechonchuda mas atraente para cacete, uma jovem *boule de suif* com rosto cor-de-rosa redondo e um par de peitos gordos confinados no corpete de um vestido rosa de verão.

Ela se aninhou do meu lado e pôs um cigarro entre os lábios. "E aí?" Expliquei que se ela queria um fósforo eu não poderia ajudar, porque eu tinha largado o cigarro, e ela disse: "Eu também. Isso aqui é só um enfeite. Eu quis dizer e aí, cadê o Butch? Butch!", gritou ela, erguendo-se para engolfar o secretário que nesse instante retornava.

"Maggie!"

"Butch!"

"Maggie!" Então, recobrando os sentidos: "Sua vadia. Cinco dias! Por onde você andava?"

"Sentiu saudade?"

"Foda-se o que eu senti. Não interessa. Mas aquele velho de Seattle. O escândalo que ele fez quando você deu o cano na quinta à noite!"

"Me desculpe, Butch. Nossa."

"Mas *onde* você estava, Maggie? Fui duas vezes até o seu hotel. Liguei mil vezes. Você podia ter aparecido."

"Eu sei. Acontece que... eu casei."

"Casou? Maggie!"

"Butch, por favor. Não é nada sério. Não vai *atrapalhar*."

"Não consigo imaginar o que a srta. Self vai dizer." A essas alturas o secretário lembrou de mim. "Ah", disse ele, como se estivesse tirando um fiapo da roupa, "a srta. Self vai recebê-lo agora mesmo, sr. Jones. Srta. Self", anunciou ele enquanto abria a porta, "esse é o sr. Jones."

Ela parecia Marianne Moore; uma srta. Moore mais robusta, mais teutonizada. Tranças cinzas de *hausfrau* adornavam o crânio diminuto; ela não usava maquiagem, e o *tailleur*, que mais parecia um uniforme, era de sarja azul como o das mulheres nas prisões – uma mulher tão desprovida de luxo quanto o estabelecimento que comandava. *Porém*... no pulso dela eu vi um relógio oval dourado com números romanos. Kate McCloud tinha um igual; um presente de John F. Kennedy, comprado na Cartier de Londres a 1.200 dólares.

"Sente, por favor." A voz era um tanto acanhada, mas os olhos cobalto tinham a dureza dos matadores de aluguel no submundo. A srta. Self olhou de relance para o relógio que tanto destoava daquela composição deselegante. "Então o senhor quer trabalhar para mim? Nosso expediente vai muito além das cinco." E de uma gaveta da escrivaninha ela sacou dois copinhos pequenos e uma garrafa de tequila, algo que eu nunca tinha provado e que eu não esperava gostar. "O senhor vai gostar", disse ela. "É uma bebida colhuda. Meu terceiro marido era mexicano. Mas agora me diga", disse ela, percutindo os dedos sobre o meu formulário, "o senhor já fez isso antes? Profissionalmente?"

Uma boa pergunta; pensei a respeito. "Eu não diria *profissionalmente*. Mas já fiz para... conseguir vantagens."

"É profissional o bastante. Saúde!", disse ela, e então virou um talagaço da bebida. A srta. Self fez uma careta. Estremeceu. "*Dios mio*, que paulada! *Que paulada*. Vamos", disse ela. "Tome um trago. O senhor vai gostar."

Para mim aquilo tinha gosto de benzina perfumada.

"Agora", disse ela, "vou dar a real para você, Jones. Noventa por cento da nossa clientela são homens de meia-idade, e metade dos serviços que prestamos são um tanto incomuns. Se você pretende se inscrever aqui como um garanhão que só atende mulheres, pode esquecer. Está entendendo?"

"Perfeitamente."

Ela piscou para mim e serviu outra dose. "Diga-me, Jones. Tem alguma coisa que você não faria?"

"Eu não levo. Posso meter. Mas não levo."

"Ah, é?" Ela *era* alemã; tinha só um *souvenir* do sotaque, como o cheiro de colônia que fica em um lenço antigo. "É algum preconceito moral?"

"Na verdade não. Hemorroidas."

"E quanto a S&M? F.F.?"

"Tudo?"

"Sim, querido. Chicotes. Correntes. Cigarros. F.F. Essas coisas."

"Acho que não."

"Ah, é? E isso é algum preconceito moral?"

"Não acredito em crueldade. Nem quando é para dar prazer a alguém."

"Então você nunca foi cruel?"

"Eu não disse isso."

"Levante", disse ela. "Tire a jaqueta. Vire. De novo. Mais devagar. Uma pena você não ser um pouco mais alto. Mas você tem uma bela silhueta. Barriga lisinha. Você é bem-dotado?"

"Nunca ouvi reclamações."

"Talvez nosso público seja mais exigente. Sempre nos perguntam: qual é o tamanho da ferramenta?"

"Você quer ver?", perguntei, brincando com o meu zíper pague um leve dois da Robert Hall.

"Não há por que ser grosseiro, sr. Jones. O senhor vai ver que falo sem rodeios, mas não sou uma pessoa *grosseira*. Agora sente-se", disse ela, enchendo nossos copos de tequila. "Até agora eu fiz todas as perguntas. O que o senhor gostaria de saber?"

O que eu queria saber era a história da vida dela; poucas vezes me senti tão curioso a respeito de alguém. Será que ela era uma das pessoas que haviam sobrevivido a Hitler, uma veterana do Reeperbahn de Hamburgo que havia emigrado para o México antes da guerra? Me passou pela cabeça que talvez ela não fosse a força por trás dessa operação mas, como quase todos os donos de bordéis e proprietários de sex-cafés nos Estados Unidos, apenas uma fachada para empresários da máfia.

"O gato comeu a sua língua? Bem, acho que você deve querer saber a respeito da parte financeira. O preço mínimo é cinquenta dólares por hora, que dividimos pela metade, mas você pode ficar com todas as gorjetas. Só que claro, o preço varia; em certas ocasiões você vai ganhar bem mais. E você também ganha bônus para cada cliente ou empregado que recrutar. Mas preste atenção", disse ela, os olhos apontados para mim como um par de revólveres, "você deve obedecer certas regras. Nada de drogas nem de exageros na bebida. Não negocie direto com o cliente em circunstância alguma – todos os agendamentos devem ser feitos pela agência. E nunca crie laços sociais com o cliente. Qualquer tentativa de negociar direto com o cliente será punida com demissão instantânea. Qualquer tentativa de chantagem e qualquer constrangimento ao cliente serão punidos com um castigo severo – e não me refiro a uma simples demissão."

Então são mesmo as negras aranhas sicilianas que fiam essa teia!

"Fui clara?"

"Claríssima."

O secretário apareceu. "O sr. Wallace na linha. É urgente. Acho que ele está bêbado."

"Não estamos interessados no que você pensa, Butch. Apenas transfira a ligação." Nesse instante ela atendeu um dos vários telefones em cima da escrivaninha. "Sr. Wallace? É a srta. Self. Como o senhor tem passado? Achei que estivesse em Roma. Ah, eu li no *Times*. Que o senhor estava em Roma e tinha conseguido uma audiência com o papa. O senhor tem toda a razão: que coisa! Sim, estou ouvindo bem. Entendo. Entendo." A srta. Self rabiscou um bloco de anotações e eu pude ler o que ela escrevia porque um dos meus talentos é ler de cabeça para baixo: *Wallace Suite 713 Hotel Plaza.* "Desculpe, mas Gumbo não trabalha mais conosco. Esses garotos pretos não são nada confiáveis. Mas garanto que estamos enviando alguém o mais breve possível. De forma alguma. Obrigada."

Então ela ficou me encarando por um longo tempo. "O sr. Wallace é um de nossos grandes clientes." Mais um olhar demorado. "Claro, o nome dele não é Wallace. Usamos pseudônimos para os clientes. Para os empregados também. O seu nome é Jones. Aqui vamos chamar você de Smith."

Ela rasgou uma folha do bloco de anotações, fez uma bolinha e atirou-a em mim. "Acho que você vai se sair bem. Não se trata exatamente de um... contato físico. É mais uma questão de... tomar conta."

Telefonei para o sr. Wallace de um daqueles telefones dourados vagabundos no lobby do Plaza. Um cachorro atendeu – ouvi o bocal cair e em seguida uma confusão infernal de latidos. "Heh heh, é só o meu cachorro", explicou a voz de pão de milho. "Toda vez que o telefone toca ele atende. Você é o sujeito da agência? Venha já para cá."

Quando o cliente abriu a porta, o cachorro disparou pelo corredor e se atirou em cima de mim como um *fullback* do New York Giants. Era um buldogue preto tigrado – sessenta centímetros de altura, talvez noventa de largura; devia pesar quase cinquenta quilos, e a força da investida me atirou contra a parede. Soltei um berro; o dono dava risada: "Não se assuste. O velho Bill é muito afetuoso". Eu que o diga. Aquele filho da puta safado estava montando a minha perna como um garanhão enlouquecido. "Bill, pare já com isso", disse o dono de Bill numa voz que tilintava com risinhos regados a gim. "Bill, é sério. Pare." Finalmente ele prendeu uma guia na coleira do estuprador e o afastou de mim, dizendo: "Pobre Bill. Não estou em condições de levá-lo para passear. Já faz dois dias. Esse é um dos motivos que me fez ligar para a agência. A primeira coisa que eu quero que você faça é levar Bill para dar um passeio no parque".

Bill se comportou até chegarmos no parque.

Durante o trajeto, fiquei pensando no sr. Wallace: um anão atarracado, barrigudo e inchado de bebida com um bigode falso colado acima dos lábios lacônicos. O tempo havia acabado com o charme dele, que costumava ser bem apresentável; mesmo assim, eu o reconheci na hora, ainda que só o tivesse visto uma única vez, cerca de dez anos atrás. Mas eu lembrava em detalhes desse relance, porque na época o sr. Wallace era o mais aclamado dramaturgo dos Estados Unidos e, na minha opinião, o melhor; o curioso *mise-en-scène* também avivou minha lembrança: era mais de meia-noite em Paris no Boeuf-sur-le-Toit, onde ele estava sentado em uma mesa com toalha cor-de-rosa na companhia de três outros homens, dois deles michês caríssimos, piratas da Córsega trajando flanela britânica, e o terceiro ninguém menos que Summer Welles – os fãs da *Confidential* devem lembrar do aristocrático sr. Welles, ex-subsecretário de Estado, grande amigo da

Irmandade dos Carregadores de Vagões-Leito. O *tableau* ficou especialmente *vivant* quando Sua Excelência, mais alcoolizado que um pêssego ao conhaque, começou a mordiscar aquelas orelhas córsicas.

No ar de outono, as pessoas andavam pelos caminhos noturnos do parque. Um casal nipônico se deteve para fazer uns afagos em Bill; de certa forma eles perderam a cabeça, mexendo em sua cauda enrolada, dando-lhe abraços – só pude compreender porque Bill, com a cara amassada e as pernas de Quasímodo, o físico contorcido ao extremo, era um objeto tão atraente ao senso estético oriental quando os bonsais e os veados-almiscareiros e os peixinhos dourados criados para pesar cinco quilos. Eu, no entanto, não sou oriental, e quando Bill, depois de me levar até embaixo de uma árvore no gramado, repetiu a ofensiva sexual contra a minha perna, não gostei nem um pouco.

Sem ter como fugir de um estuprador tão determinado, o jeito foi deitar na grama e me entregar – cheguei mesmo a incentivá-lo: "Vem, garotão, vem. Faz gostoso. Não te segura." Tínhamos até plateia – rostos humanos pipocavam ao longe, além dos fogosos olhos saltados do meu amante brincalhão. Uma mulher disse em tom incisivo: "Seu degenerado imundo! Pare de abusar desse animal! Por que ninguém chama a polícia?" Outra disse: "Albert, quero volta para Utica. Hoje." Arfando e babando, Bill chegou ao clímax.

Porém, melar minhas calças da Robert Hall não foi o único delito que Bill perpetrou contra mim antes que a noite acabasse. Quando retornei com ele até o Plaza e entrei no foyer da suíte, enfiei o pé num amontoado de merda fresquinha, a merda de Bill, escorreguei e caí de cara – num *outro* monte de merda. Tudo o que eu disse ao sr. Wallace foi: "O senhor se importa se eu tomar um banho?" Ele disse: "Faço questão".

No entanto, como a srta. Self havia insinuado, o sr. Wallace, assim como Denny Fouts, era mais um conversador do que um sensualista. "Você é um bom garoto", ele me disse. "Ah, eu sei que você não é nenhum garoto. Não estou tão bêbado. Vejo que você é rodado. Mas não interessa, você é um bom garoto; dá para ver no seu olhar. Um olhar ferido. Ofendido e humilhado. Você lê Dostoiévski? Ah, acho que não faz seu tipo. Mas você é como os personagens dele. Ofendido e humilhado. Eu também; é por isso que me sinto bem com você." Ele rolou os olhos por todo o quarto iluminado, como um espião; o quarto parecia ter sobrevivido a um furacão do Kansas – roupas sujas espalhadas por tudo, merda de cachorro por toda a parte e poças de mijo de cachorro já meio seco manchando os tapetes. Bill estava dormindo nos pés da cama, os roncos denunciando a melancolia pós-coito. No fim ele permitiu que o dono e o visitante dividissem a cama um pouquinho, com o visitante nu em pelo mas o dono vestido dos pés à cabeça, incluindo sapatos pretos e um colete com lápis no bolso e um par de óculos com armação de chifre. Em uma das mãos o sr. Wallace tinha um copo transbordando de uísque puro e na outra um charuto que acumulava cinzas trêmulas cada vez maiores na ponta. De vez em quando ele me acariciava, e lá pelas tantas a cinza quente chamuscou o meu umbigo; achei que fosse de propósito, mas decidi que talvez não.

"Isso é o máximo de segurança que um homem perseguido pode ter. Um homem com assassinos em seu encalço. Devo morrer muito em breve. E se acontecer, não vai ser de morte natural. Vão tentar fazer com que pareça um ataque cardíaco. Ou um acidente. Mas prometa que você não vai acreditar. Prometa que você vai escrever uma carta para o *Times* dizendo que foi assassinato."

Com bêbados e loucos, o negócio é apelar para a lógica. "Mas se o senhor está em perigo, por que não chama a polícia?"

Ele disse: "Não sou nenhum dedo-duro"; e então acrescentou: "De qualquer jeito, estou morrendo. Tenho câncer".

"Que tipo de câncer?"

"No sangue. Na garganta. Nos pulmões. Na língua. No estômago. No cérebro. No cu." É verdade que os alcoólatras detestam o gosto do álcool; o sr. Wallace estremeceu quando entornou a metade do uísque no copo. "Tudo começou sete anos atrás quando os críticos se viraram contra mim. Todo escritor tem seus truques, e mais cedo ou mais tarde os críticos acabam descobrindo quais são. Até aí tudo bem; eles amam você enquanto conseguem reconhecê-lo. O meu erro foi ter cansado dos velhos truques e aprendido uns novos. Os críticos não aceitam uma coisa dessas; eles odeiam versatilidade – não gostam de ver um escritor amadurecer ou mudar em nenhum sentido. Foi quando veio o câncer. Quando os críticos começaram a dizer que os velhos truques eram 'a essência da verdadeira força poética' e os novos não passavam de 'pretensões ridículas'. Seis fracassos um atrás do outro, quatro na Broadway e dois fora. Estão me matando por inveja e ignorância. Sem vergonha nem remorso. Para eles, o que importa se o câncer está devorando o meu cérebro?" Então, em tom resignado, ele disse: "Você não acredita em mim, não é?"

"Não consigo acreditar em um câncer galopante que dura sete anos. É impossível."

"Eu estou morrendo. Mas você não acredita. Você não acredita nem que eu tenha câncer. Acha que eu só preciso de um analista." Na verdade o que eu achava era: eis aqui um carinha com inclinações dramáticas que, como uma de suas próprias heroínas sem rumo, busca atenção e solidariedade oferecendo mentiras não muito convincentes a estranhos. Estranhos porque ele não tem amigos, e não tem amigos porque as únicas pessoas que despertam sua compaixão são os personagens que cria e ele próprio – os outros são todos uma plateia. "Para sua informação, eu já fui num analista. Paguei sessenta paus a hora cinco dias por semana durante dois anos. Só o que aquele filho da puta fez foi se meter nos meus assuntos pessoais."

"Mas não é esse o trabalho dos analistas? Se meter nos seus assuntos pessoais?"

"Não tente bancar o esperto, meu velho. Não estou para brincadeira. O dr. Kewie arruinou a minha vida. Ele me convenceu que eu não era veado e que eu não amava Fred. Disse que eu estaria arruinado como escritor se eu não me livrasse de Fred. Mas na verdade Fred era a única coisa boa na minha vida. Pode ser que *eu* não o amasse. Mas *ele* me amava. Fred dava sentido à minha vida. Ele não era falso como Kewie dizia. Kewie disse: Fred não ama você, ele só ama o seu dinheiro. Quem ama dinheiro é Kewie. Ah, eu não queria me separar de Fred, então Kewie telefonou para ele sem eu saber e disse que eu ia morrer por causa da bebida se ele não desaparecesse. Fred fez as malas e foi embora, e eu fiquei sem entender nada até o dr. Kewie me contar, cheio de orgulho, o que ele tinha feito. E eu disse: Está vendo, Fred acreditou em você e como ele me amava muito ele fez esse sacrifício. Mas eu estava errado. Porque quando encontrei Fred, e eu tinha contratado os Pinkertons que o encontraram em Porto Rico, Fred disse que a única coisa que ele queria era arrebentar a minha cara. Ele achou que *eu* estava por trás da ligação de Kewie, que era tudo um complô meu. Mesmo assim, voltamos. Me fez muito bem. Fred foi operado no Memorial Hospital em dezessete de junho e no quatro de julho ele morreu. Tinha só 36 anos. Mas ele não estava fingindo; era câncer mesmo. É nisso que dá ter analistas se metendo na sua vida pessoal. Veja só que bagunça! Imagine ter que pagar michês para levar Bill a passear."

"Eu não sou michê." Não sei nem por que inventei de protestar: eu sou e sempre fui michê.

O sr. Wallace deu um grunhido sarcástico; como todos os homens sentimentais, tinha o coração frio. "Tenho uma ideia", disse ele, soprando as cinzas do charuto. "Vire de costas e abra as pernas."

"Desculpe, mas eu não levo. Meter, sim. Levar, não."

"Ahhh", disse ele, o sotaque sulista cremoso como torta de batata-doce, "não pretendo enrabar você, meu velho. Só quero apagar o charuto."

Meu amigo, se não saí correndo de lá! – enfiei as roupas de qualquer jeito no banheiro e tranquei a porta. Eu escutava o sr. Wallace conter o riso enquanto me vestia lá dentro. "Meu velho?", disse ele. "Você não achou que eu estava falando sério, achou, meu velho? Não entendo. Parece que hoje em dia ninguém mais tem senso de humor." Mas quando eu saí ele estava roncando de leve, um acompanhamento suave ao escândalo de Bill. O charuto ainda estava aceso entre seus dedos: no dia em que ninguém estiver lá para salvá-lo, é assim que o sr. Wallace vai acabar indo dessa para melhor.

Aqui na ACM um cego de sessenta anos é meu vizinho. Ele é massagista e trabalha há meses na academia do andar de baixo. O nome dele é Bob, e ele é um cara barrigudo que cheira a óleo de bebê e linimento. Uma vez eu disse a ele que eu também tinha trabalhado com massagem, e Bob respondeu que gostaria de ver que tipo de massagista eu era, então nós trocamos umas técnicas e, enquanto me massageava com aquelas mãos grossas e sensitivas de cego, ele ficou falando sobre a vida. Bob tinha ficado solteiro até os cinquenta anos, quando casou com uma garçonete de San Diego. "Helen. Ela se descrevia como uma loira estonteante de trinta anos com uma bunda fenomenal, divorciada, mas não acho que ela possa ter sido grande coisa, senão por que casaria comigo? Mas ela tinha o corpo bonito, e com essas mãos eu a deixava louca. Ah, nós compramos uma caminhonete Ford e um trailer de alumínio e nos mudamos para Cathedral City – no deserto da Califórnia, perto de Palm Springs. Eu achei que podia conseguir emprego em um dos clubes de Palm Springs, e acabei conseguindo mesmo. O lugar é muito agradável de novembro a junho, o melhor clima do mundo, quente durante o dia e frio à noite, mas meu Deus os verões, fazia cinquenta, 55 graus, e não era um calor seco como você poderia esperar, não depois que construíram um milhão de piscinas por lá: as piscinas, elas deixaram o deserto *úmido*, e cinquenta graus num clima úmido não é coisa para brancos. Nem para mulheres.

"Helen sofria demais, mas não tinha muito o que fazer – eu nunca conseguia juntar dinheiro suficiente no inverno para sair de lá no verão. Ficávamos fritando no trailer de alumínio. Sentados lá, Helen assistindo TV e com ódio de mim. Talvez desde sempre ela tivesse ódio de mim; ou da nossa vida; ou da vida *dela*. Mas como ela era uma pessoa quieta e nós discutíamos pouco, eu não tinha ideia de como ela se sentia até abril passado. Foi nessa época que eu precisei me demitir por causa de uma operação. Veias varicosas nas minhas pernas. Eu não tinha dinheiro, mas era questão de vida ou morte. O médico disse que se eu não me tratasse eu podia ter uma embolia a qualquer momento. Três dias depois da operação Helen foi me ver. Ela não perguntou como eu estava nem me beijou nem nada. O que ela disse foi: 'Eu não quero nada, Bob. Deixei uma mala no andar de baixo com as suas roupas. Só vou levar a caminhonete e o trailer.' Perguntei do que ela estava falando, e ela disse: 'Me desculpe, Bob. Mas eu tenho que tocar a vida.' Eu fiquei apavorado; comecei a chorar – implorei e disse: 'Helen, por favor, mulher, eu sou cego e agora manco e tenho sessenta anos – você não pode me deixar assim sem casa e sem ter para onde ir'.

Sabe o que ela disse? 'Se você não tem para onde ir, vá para o inferno.' E foram essas as últimas palavras que eu ouvi dela. Quando saí do hospital eu tinha catorze dólares e 78 centavos, mas eu queria ir para o mais longe possível daquele lugar, então comecei minha viagem até Nova York, de carona. Helen, onde quer que esteja agora, espero que ela esteja feliz. Não guardo nenhuma mágoa, mesmo achando que ela foi dura demais comigo. Foi difícil, um cego meio manco atravessar o país de carona."

Um homem desamparado esperando no escuro à beira de uma estrada desconhecida: é assim que Denny Fouts deve ter se sentido, pois eu fui tão desalmado com ele quanto Helen foi com Bob.

Denny tinha mandado duas mensagens da clínica em Vevey. A caligrafia da primeira era quase indecifrável: "Difícil escrever porque não consigo controlar as mãos. Father Flanagan, o renomado proprietário do Father Flanagan's Nigger Queen Kosher Café, me entregou a conta e apontou em direção à porta. *Merci Dieu pour toi.* Senão eu ficaria muito sozinho." Um mês e meio depois eu recebi um cartão escrito por uma mão firme: "Por favor ligue aqui para Vevey 46 27 14".

Fiz a ligação do bar do Pont Royal; lembro, enquanto eu esperava pela voz de Denny, de ver Arthur Koestler ofender metodicamente a mulher que estava sentada com ele – alguém disse que era sua namorada; ela estava chorando mas não fez nada para se defender dos insultos. É insuportável ver um homem chorar e uma mulher ser intimidada, mas ninguém se meteu, e os bartenders e garçons fizeram de conta que não viram.

Então a voz de Denny desceu das alturas alpinas – seus pulmões pareciam estar cheios de ar brilhante; ele disse que tinha sido difícil, mas estava pronto para ter alta e eu poderia encontrá-lo na terça-feira em Roma, onde o príncipe Ruspoli ("Dado") tinha lhe emprestado um apartamento. Eu sou covarde – no sentido corriqueiro e também no sentido mais sério; nunca consigo ser mais do que meio verdadeiro a respeito do que sinto em relação a outra pessoa e acabo dizendo sim quando quero dizer não. Eu disse a Denny que iria encontrá-lo em Roma, afinal como eu poderia dizer que não queria vê-lo nunca mais porque ele me assustava? Não eram as drogas e o caos mas o halo funéreo de lixo e fracasso que pairava acima dele: a sombra desse fracasso parecia de algum modo ameaçar o meu triunfo iminente.

Então eu fui para a Itália, mas para Veneza, não para Roma, e só no início do inverno, quando eu estava sozinho uma noite no Harry's Bar, descobri que Denny tinha morrido em Roma alguns dias depois de eu dar o cano. Foi Mimi quem me disse. Mimi era um egípcio mais gordo que Faruk, um traficante que vivia entre Cairo e Paris; Denny era muito afeiçoado a Mimi, ou pelo menos aos narcóticos que Mimi lhe fornecia, mas para mim ele era quase um estranho e fiquei surpreso quando, ao me ver no Harry's, Mimi se aproximou gingando e me deu um beijo babado no rosto com seus lábios cor de framboesa e disse: "Eu tenho que rir. Sempre que penso em Denny eu tenho vontade de rir. *Ele* teria dado risada. Morrer daquele jeito! Só Denny, mesmo." Mimi ergueu as sobrancelhas feitas. "Ah. Você não sabia? Foi a cura. Se ele tivesse continuado com as drogas, teria vivido outros vinte anos. Mas a cura o matou. Ele estava na privada soltando um barro quando teve um ataque do coração." Segundo Mimi, Denny tinha sido enterrado no cemitério protestante nos arredores de Roma – mas na primavera seguinte quando fui até lá procurar o túmulo eu não o encontrei.

Por muitos anos fui parcial a Veneza e já morei lá em todas as estações, mas prefiro o fim do outono e o inverno, quando a cerração do mar desliza pelas *piazzas* e o rumor prateado dos sinos das gôndolas estremece os canais velados. Passei todo o meu primeiro inverno europeu lá, morando num apartamentinho minúsculo e sem calefação no último andar de um *palazzo* às margens do Grande Canal. Eu nunca tinha sentido tanto frio; houve momentos em que cirurgiões poderiam ter amputado as minhas pernas e os meus braços sem que eu sentisse a mínima dor. Mas eu não me sentia infeliz, pois achava que o livro que eu estava escrevendo, *Sleepless Millions*, era uma obra-prima. Agora eu sei o que ele realmente era – um pandemônio de prosa surrealista temperando uma receita de Vicki Baum. Tenho vergonha de confessar, mas só para deixar registrado, o livro era sobre uns doze americanos (um casal a ponto de se divorciar, uma garota de catorze anos em um motel com um *voyeur* rico e charmoso, um general da marinha se masturbando etc.) cujas vidas apareciam interligadas só porque estavam assistindo o mesmo filme às altas horas da madrugada na televisão.

Eu trabalhava no livro todos os dias das nove da manhã às três da tarde e às três, independente de como estivesse o tempo, saía para caminhar no labirinto veneziano até o anoitecer, quando chegava a hora de pintar no Harry's Bar, sair do frio e entrar na alegria aquecida pela lareira do microscópico palácio de comidas e bebidas deliciosas do sr. Cipriani. No inverno o Harry's é um hospício diferente do que é nas outras estações do ano – a lotação é a mesma, só que no Natal as dependências não pertencem a ingleses e americanos, mas a uma excêntrica aristocracia local, jovens condes pálidos e afetados e *principessas* estridentes, cidadãos que não conseguem pôr os pés lá dentro antes do fim de outubro, quando o último casal de Ohio vai embora. Toda noite eu gastava nove ou dez dólares no Harry's – em martínis e sanduíches de camarão e enormes cumbucas de macarrão verde à bolonhesa. Ainda que o meu italiano nunca tenha sido grande coisa, fiz muitos amigos e poderia contar a você umas quantas histórias loucas (mas, como um velho conhecido meu de Nova Orleans dizia: "Baby, é melhor nem começar!").

Os únicos americanos que eu lembro de ter encontrado naquele inverno foram Peggy Guggenheim e George Arvin, este último um pintor americano, muito talentoso, que parecia um técnico de basquete loiro com cabelo escovinha; ele estava apaixonado por um gondoleiro e tinha morado por anos em Veneza com o gondoleiro e a esposa e os filhos do gondoleiro (por algum motivo esse esquema acabou e, quando acabou, Arvin foi para um monastério italiano, onde depois de algum tempo se converteu em irmão da ordem).

Você lembra de Hulga, a minha esposa? Se não fosse por Hulga, por estarmos legalmente atados um ao outro, eu poderia ter casado com Guggenheim, mesmo que ela fosse trinta anos mais velha do que eu, talvez mais. E se tivéssemos casado, não seria por ela mexer comigo – apesar da mania de ficar com a dentadura de um lado para o outro na boca e mesmo que ela parecesse uma Bert Lahr de cabelo comprido. Era agradável passar as noites de inverno na brancura aconchegante do Palazzo dei Leoni, onde ela morava com onze terriers tibetanos e um mordomo escocês que estava sempre de saída para Londres para encontrar o amante, uma circunstância que não despertava críticas da patroa porque ela era esnobe e diziam que o tal amante era o *valet de chambre* do príncipe Philip; agradável beber o bom vinho tinto daquela senhora e escutar enquanto ela lembrava em voz alta dos casamentos e de outros casos – fiquei pasmo ao ouvir, em meio àquela brigada de gigolôs, o nome de Samuel Beckett. Difícil imaginar uma ligação mais excêntrica, a judia rica e profana e o autor monástico de *Molloy* e *Esperando*

Godot. Faz a gente ficar *pensando* a respeito de Beckett... e a pretensão daquela indiferença, daquela austeridade. Porque escribas miseráveis sem nenhuma obra publicada, como Beckett na época do relacionamento, não se tornam amantes de herdeiras de cobre americanas insípidas sem ter algo mais do que amor em mente. Eu mesmo, apesar da minha admiração, acho que também me sentiria bem interessado na grana dela de qualquer jeito, e só não tentei meter a mão numa bolada porque a presunção tinha me transformado num imbecil completo; tudo seria meu no dia em que *Sleepless Millions* fosse publicado.

Só que o livro nunca saiu.

Em março, quando terminei o manuscrito, enviei uma cópia para a minha agente, Margo Diamond, uma lambedora de carpete com o rosto marcado pela varíola que tinha sido convencida a cuidar de mim por uma outra cliente, a minha velha e descartada Alice Lee Langman. Margo respondeu que tinha mandado o romance para a editora do meu primeiro livro, *Súplicas atendidas*. "Mas foi apenas uma cortesia", escreveu ela, "e se recusarem o livro creio que o senhor terá de procurar outro agente, porque não me parece interessante para o senhor, nem para mim, continuar essa parceria. Não escondo que a sua conduta em relação à srta. Langman, a maneira extraordinária como o senhor retribuiu a generosidade dela, influenciou minha opinião. Mesmo assim, eu não me deixaria influenciar se achasse que o senhor possui talentos que merecem ser incentivados. Mas não é e nunca foi o caso. O senhor não é um artista – e portanto deveria ao menos estar empenhado em se tornar um escritor profissional realmente habilidoso. Mas eu vejo uma displicência, um desequilíbrio constante que me leva a crer que o profissionalismo esteja além do seu alcance. Por que o senhor não pensa em outra carreira enquanto ainda é jovem?"

Vagabunda chupadora de boceta! Ah (eu pensei), ela vai ver só! E nem quando eu cheguei em Paris e recebi no American Express uma carta da editora recusando o livro ("Infelizmente achamos que seria um desserviço ao senhor promover sua estreia como romancista com uma obra tão rebuscada quanto *Sleepless Millions*...") e perguntando o que eu queria que fizessem com o manuscrito, nem numa hora dessas a minha fé me abandonou: só imaginei que, por eu ter abandonado a srta. Langman, seus amigos estivessem promovendo o meu linchamento literário.

Eu ainda tinha catorze mil dólares de vários golpes e economias e não queria voltar para os Estados Unidos. Mas não parecia haver outra alternativa, não se eu quisesse publicar *Sleepless Millions*: seria impossível vender o livro de tão longe e ainda por cima sem um agente. Um agente honesto e competente é ainda mais difícil de arranjar do que um editor respeitável. Margo Diamond circulava entre os melhores; conhecia o pessoal de publicações metidas a besta, como o *The New York Review of Books*, e também os editores da *Playboy*. Talvez ela achasse que eu não tinha talento, mas na verdade era inveja – porque aquela cheiradora de bacalhau sempre tinha querido C a B de La Langman. No entanto, a ideia de voltar para Nova York fazia o meu estômago embrulhar e afundar com a violência de uma montanha-russa. Eu tinha a impressão de que nunca conseguiria retornar àquela cidade, onde os amigos faltavam e os inimigos sobravam, a não ser que um desfile de bandas marciais e o confete do sucesso anunciassem a minha chegada. Voltar com o rabo entre as pernas carregando um livro fracassado era para alguém com menos ou mais personalidade do que eu.

Entre as tribos mais patéticas desse planeta, mais tristes que um bando de esquimós amontoados passando fome durante um inverno de sete meses, são aqueles americanos que resolvem, por vaidade, ou por razões supostamente estéticas, ou por conta de problemas financeiros ou sexuais, transformar o exílio em carreira. A sobrevivência no estrangeiro ano após ano, desde a primavera de Taroudant em janeiro a Taormina e Atenas e Paris em junho, é, por si só, motivo suficiente para atitudes superiores e um sentimento de grandes realizações. Na verdade *é* uma realização se você tem pouco dinheiro ou, como a maioria dos americanos que recebem dinheiro de fora, "só o suficiente para viver". Se você é jovem o bastante, funciona por um tempo – mas os que continuam depois dos 25 anos, trinta no máximo, descobrem que o que parecia ser o paraíso é um mero cenário, uma cortina que, ao se levantar, revela tridentes e fogo.

Mas aos poucos eu fui recebido nessa caravana sórdida, ainda que tenha demorado um pouco para eu perceber o que tinha acontecido. Quando o verão começou e resolvi não voltar e insistir na venda do meu livro enviando o manuscrito para vários editores, meus dias de enxaqueca começaram com vários Pernods no terraço do Deux Magots; depois disso, atravessei o *boulevard* e entrei na Brasserie Lipp para comer chucrute e tomar cerveja, muita cerveja, seguida por uma sesta no meu agradável quartinho com vista para o rio no Hotel Quai Voltaire. A bebedeira de verdade começava pelas seis, quando eu pegava um táxi até o Ritz e passava as primeiras horas da noite filando martínis no bar; e se eu não começasse um bate-papo, não conseguisse que uma bicha enrustida ou às vezes duas senhoras viajando juntas ou talvez um ingênuo casal americano me convidasse para jantar, então em geral eu não comia nada. Acho que em termos nutricionais eu consumia menos de quinhentas calorias por dia. Mas a bebida, em especial os copos de Calvados que eu esvaziava toda noite em cabarés senegaleses e bares de reputação duvidosa, como o Le Fiacre e o Mon Jardin e o madame Arthur's e o Boeuf-sur-le-Toit, me faziam parecer, apesar do meu interior em ruínas, rechonchudo e robusto. Mas apesar das ressacas em queda-d'água e da náusea em cascata, eu tinha a estranha impressão de estar passando por uma época boa para caramba, o tipo de experiência educacional necessária a todo artista – e é verdade que algumas das pessoas que encontrei nessas farras conseguiram atravessar a névoa de Calvados e deixar marcas permanentes gravadas na minha lembrança.

O que nos traz a Kate McCloud. Kate! McCloud! Meu amor, minha angústia, meu *Götterdämmerung*, minha própria *Morte em Veneza*: inevitável, perigosa como a áspide no seio de Cleópatra.

Era o fim do inverno em Paris; eu tinha voltado para lá depois de passar vários meses bêbado em Tânger, a maior parte do tempo como *habitué* do Le Parade de Jay Hazlewood, uma lugar chique tocado por um sujeito amistoso e esbelto da Geórgia que fez uma fortuna considerável preparando martínis decentes e hambúrgueres enormes para americanos saudosos de casa; e além disso, para a clientela estrangeira mais abastada, ele também oferecia o rabo de garotos e garotas árabes – sem cobrar nada, é claro: cortesia da casa.

Uma noite no bar do Parade eu conheci alguém que teria uma influência enorme sobre os acontecimentos futuros. Ele tinha os cabelos loiros lambidos repartidos no meio, como nos anúncios de tônico capilar dos anos vinte; era elegante e sardento e corado; tinha um sorriso bonito e dentes bons, mesmo que fossem muitos. Seu bolso era cheio de fósforos que ele ficava acendendo com a unha do polegar. Tinha uns quarenta anos e era americano, mas com aquele sotaque esquisito das pessoas que falam várias línguas: não chega a ser uma afetação mas antes parece mais um defeito indefinível da fala. Ele me pagou uns drinques, jogamos dados; depois eu fui falar com Jay Hazlewood a respeito dele.

"Não é ninguém", disse Jay com seu sotaque enganador de argila vermelha. "O nome dele é Aces Nelson."

"Mas o que ele faz?"

Jay disse, e disse *cheio* de solenidade: "Ele é amigo dos ricos".

"Só isso?"

"Só? Porra!", disse Jay Hazlewood. "Ser amigo dos ricos, viver disso, é mais difícil passar um dia assim do que um mês inteiro acorrentado a vinte pretos fazendo trabalhos forçados."

"Mas *como* ele vive disso?"

Hazlewood arregalou um olho, apertou o outro – um negociante de cavalos Dixie – mas eu não estava brincando: era sério que eu não entendia.

"Escute", disse ele, "tem muitas rêmoras como Aces Nelson por aí. Ele não tem nada de especial. Só é um pouco mais bonito que os outros. Aces é bacana. Em relação ao resto. Ele vai a Tânger duas, três vezes ao ano, sempre no iate de alguém; passa os verões pulando de um para o outro – o *Gaviota*, o *Siesta*, o *Christina*, o *Sister Anne*, o *Creole* e todos os outros que você pode imaginar. O resto do ano ele passa nos Alpes – St. Moritz ou Gstaad. Ou no Caribe. Antígua. Lyford Cay. Com escalas em Paris, Nova York, Beverly Hills, Grosse Pointe. Mas onde quer que esteja, ele está sempre fazendo a mesma coisa. Dando duro para conseguir um jantar. Jogando – do almoço até a última luz se apagar. *Bridge. Gin rummy. Cutthroat. Old Maid*, gamão. Radiante. Ostentando os dentes perfeitos. Fazendo a alegria dos Geritol nos salões oceânicos. É assim que ele consegue dinheiro para andar por aí. O resto vem de traçar mulheres de idades e apetites diversos – vagabundas ricas e casadas com maridos que não estão nem aí para quem passa ferro nelas, desde que não sejam eles próprios."

Jay Hazlewood não fumava nunca: filho legítimo das montanhas da Geórgia, ele mascava tabaco. Nesse instante estava lançando um jato marrom em seu escarrador pessoal. "O trabalho é duro? Eu *sei*. Por pouco não fodi cobras. Foi assim que consegui as pesetas para abrir esse bar. Mas eu fiz tudo por mim. Para *conquistar* alguma coisa. Aces está sem rumo na vida. Agora mesmo ele está ali com a turma de Bab."

Tânger é uma escultura cubista branca com um cenário montanhoso que dá para a Baía de Gibraltar ao fundo. Você desce a montanha, por uma vizinhança de classe média salpicada de feias *villas* mediterrâneas, até a cidade "moderna", um miasma escaldante de *boulevards* largos demais, arranha-céus cor de cimento, até o labirinto da Casbá costeada pelo mar. Afora os que têm negócios supostamente legítimos, quase todos os estrangeiros em Tânger estão lá por ao menos um, se não todos, dentre quatro motivos: a grande oferta de drogas, as fogosas prostitutas adolescentes, a sonegação fiscal ou então por serem tão indesejáveis que nenhum lugar ao norte de Porto Said permitiria que saíssem de um aeroporto ou desembarcassem de um navio. É uma cidade monótona que não oferece nenhum tipo de risco.

Na época, as cinco rainhas da Casbá eram dois ingleses e três americanas. Eugenia Bankhead era uma das mulheres – original como a irmã Tallulah, que fazia seu próprio sol brilhar durante o crepúsculo no porto. E Jane Bowles, o diabrete genial, o elfo risonho, hilário e atormentado. Autora de um romance sinistro e maravilhoso, *Duas damas bem comportadas*, e de uma única peça, *In the Summer House*, da qual se pode dizer o mesmo, a finada sra. Bowles morava numa casa infinitesimal na Casbá, uma residência em escala tão minúscula e com o pé-direito tão baixo que por pouco não era preciso se arrastar de uma peça à outra; morava lá com sua amante moura, a famosa Cherifa, uma camponesa rústica e idosa que era a imperatriz das ervas e temperos raros no maior bazar ao ar livre em Tânger – uma personalidade grosseira que só um gênio tão espirituoso e dedicado à extravagância total como a sra. Bowles conseguiria aguentar. ("Mas", disse Jane com a risada de um querubim, "eu amo Cherifa. Cherifa não me ama. Como eu poderia esperar uma coisa dessas? Uma escritora? Uma judia aleijada de Ohio? Ela só pensa em dinheiro. No meu dinheiro. Por pouco que seja. E na casa. E em como ficar com a casa. No mínimo a cada seis meses ela tenta me envenenar. E não pense que eu estou sendo paranoica. É a mais pura verdade.")

A casa de bonecas da sra. Bowles era o oposto do palácio fortificado que pertencia à terceira rainha geneticamente legítima do bairro, a *maharani* das lojas de quinquilharias Barbara Hutton – a Ma Barker da turma de Bab, como Jay Hazlewood dizia. A srta. Hutton, com um séquito de maridos temporários, amantes momentâneos e outros de ocupação duvidosa (se é que tinham alguma), costumava reinar em sua mansão marroquina cerca de um mês por ano. Frágil, aterrorizada, poucas vezes ela se aventurava além dos muros; pouquíssimos vizinhos eram convidados a atravessá-los. Uma órfã sem rumo – hoje Madri, amanhã o México –, a srta. Hutton nunca viajava; apenas cruzava fronteiras, levando consigo quarenta valises e o ambiente insular.

"Ei! Você não gostaria de ir a uma festa?" Aces Nelson; estava me chamando do terraço de um café no Petit Socco, uma praça e um enorme salão boêmio ao ar livre de segunda a segunda na Casbá; já era mais de meia-noite.

"Escute", disse Aces, que não estava alto por nenhum motivo além de seu bom humor; na verdade, ele estava tomando *thé arabe*. "Eu tenho um presente para você." E ele começou a jogar de uma mão para a outra uma cadelinha gorducha que se contorcia, uma negrinha de cabelo pixaim com círculos brancos ao redor dos grandes olhos assustados – como um panda, uma espécie de panda do gueto. Aces disse: "Comprei há cinco minutos de um marujo espanhol. Ele estava andando com essa coisinha enfiada no bolso da jaqueta. Só dava para enxergar a cabeça. Então eu vi esses olhinhos lindos. E essas orelhinhas lindas – veja só, uma meio caída, e a outra apontada para cima! Ele me explicou que, a pedido da irmã, ia vendê-la ao sr. Wu, o chinês que come cachorro assado. Aí eu ofereci cem pesetas; e aqui estamos." Aces estendeu a cadelinha em minha direção, como uma mendiga de Calcutá que ostenta uma criança doente. "Eu não sabia por que eu a tinha comprado até que pus os olhos em você. Quando você entrou no Socco. Sr... Jones? É isso mesmo? Tome, sr. Jones, fique com ela. Vocês precisam um do outro."

Cães, gatos, crianças, nada nunca tinha dependido de mim; eu já tinha trabalho suficiente trocando as minhas próprias fraldas. Então eu disse: "Esqueça. Leve-a para o chinês."

Aces me encarou como um apostador. Colocou a cadelinha em cima da mesa do café, onde ela ficou de pé por um instante, tremendo de susto, e depois se agachou para fazer xixi. Aces! Seu filho da puta. *As freiras. Os penhascos acima de St. Louis.* Peguei a cadelinha e enrolei-a num cachecol Lanvin que Denny Fouts tinha me dado há muito tempo e a segurei perto de mim. Ela parou de tremer. Fungou, suspirou, adormeceu.

Aces disse: "Que nome o senhor vai dar para ela?"

"Mutt."

"Como? Já que vocês se encontraram graças a mim, o senhor podia ao menos chamá-la de Aces."

"Mutt. Afinal, ela é uma vira-lata. Como você. Como eu. Mutt."

Ele riu. "*Alors*. Mas eu prometi uma festa para você, Jones. A sra. Cary Grant está cuidando da loja essa noite. Vai ser um saco. Mas enfim."

Pelas costas, Aces sempre chamava a huttontote (termo cunhado por Winchell) de sra. Cary Grant. "Na verdade é por educação. Ele foi o único marido digno desse nome. Tinha adoração por ela; mas o casamento acabou porque ela não conseguia entender nem confiar num sujeito que não pensasse o tempo todo em dinheiro."

Um senegalês de dois metros e quinze com um turbante rubro e uma djelaba branca abria os portões de ferro; você entrava num jardim onde as olaias floresciam sob o brilho das lanternas e o perfume hipnotizante das angélicas se mesclava ao ar. Depois vinha uma sala de existência tênue, com uma luz que se insinuava por biombos de filigrana em marfim. Banquetas brocadas, com pilhas de almofadas brocadas em seda amarela e prata e escarlate recobriam todas as paredes. E havia lindas mesas em latão, brilhando com velas e baldes de champanhe suados; os pisos, com grossas camadas sobrepostas de tapetes dos teares de Fez e Marrakech, eram como estranhos lagos de cores ancestrais e intrincadas.

Os convidados eram poucos e agiam todos com discrição, como se esperassem a retirada da anfitriã para se abandonar a uma liberdade exuberante – a repressão que atinge os súditos enquanto esperam o afastamento da realeza.

A anfitriã, com um sári verde e uma corrente de esmeraldas escuras, reclinou-se entre as almofadas. Os olhos dela tinham aquele vazio que em geral se vê nas pessoas que ficaram muito tempo presas e, como as esmeraldas, um distanciamento mineral. O foco desse olhar, o que ela escolhia ver, era seletivo a ponto de causar assombro: ela me viu, mas não percebeu a cadelinha que eu trazia comigo.

"Ah, Aces querido", disse ela com uma voz miúda. "O que foi que você encontrou dessa vez?"

"Esse é o sr. Jones. P. B. Jones, se não me engano."

"E o senhor é um poeta, sr. Jones. Porque eu sou poetisa. E nunca me engano."

E no entanto, de um jeito comovente e enrugado, ela era bem bonita – uma beleza estragada pela aparência de quem a muito custo se equilibrava no limite da dor. Lembro de ter lido em algum caderno de domingo que durante a juventude ela tinha sido rechonchuda, uma gorducha tímida, e que, por sugestão de um aficionado por dietas, engoliu uma ou duas solitárias; e nesse instante era possível se perguntar, por causa da expressão esfomeada, da figura frágil, se as solitárias ainda não seriam as rudes inquilinas responsáveis pela metade de todo o seu peso. Sem dúvida ela leu meus pensamentos: "Não é ridículo? Estou tão magra que mal consigo caminhar. Preciso que me carreguem para cima e para baixo. Mas escute, eu gostaria de ler os seus poemas."

"Eu não sou poeta. Sou massagista."

Ela estremeceu. "*Hematomas*. É só uma folha cair e fico roxa."

Aces disse: "O senhor me disse que era escritor."

"Bem, eu sou. Era. Algo assim. Mas parece que sou melhor massagista do que escritor."

A srta. Hutton consultou Aces; foi como se os dois estivessem sussurrando com os olhos.

Ela disse: "Talvez ele possa ajudar Kate."

Ele disse, dirigindo-se a mim: "O senhor tem disponibilidade para viajar?"

"Acho que sim. Não tenho muito mais o que fazer."

"Quando o senhor poderia me encontrar em Paris?", perguntou ele num tom apressado, como um homem de negócios.

"Amanhã."

"Não. Semana que vem. Quinta-feira. No bar do Ritz. Pelo lado da Rue Cambon. À uma e quinze."

A herdeira suspirou nos brocados da banqueta forrada com penas de ganso. "Pobre garoto", disse, e percutiu as unhas curvas, escrupulosamente pintadas de rosa-pêssego, contra uma taça de champanhe, um sinal para que o criado senegalês a carregasse por escadarias azulejadas até câmaras à luz da lareira, onde Morfeu, sempre a pregar peças nos exaltados, nos humilhados, mas acima de tudo nos ricos e poderosos, esperava com alegria pela brincadeira de esconde-esconde.

Eu vendi um anel de safira, outro presente de Denny Fouts, que por sua vez o tinha ganho do príncipe grego em um de seus aniversários, para Dean, o proprietário mulato do Dean's Bar, principal concorrente do Le Parade nos negócios do *haute monde* colonial. Ganhei uma mixaria, mas pude ir a Paris com o dinheiro e levar Mutt comigo – ela, socada em uma mala da Air France.

Na quinta-feira, pontualmente à uma e quinze, entrei no bar do Ritz carregando Mutt numa bolsa de lona, porque ela tinha se recusado a ficar para trás na espelunca onde estávamos hospedados na Rue du Bac. Aces Nelson, com o cabelo lambido e um bom humor radiante, estava nos aguardando em uma mesa de canto.

Ele fez um afago na cadelinha e disse: "Muito bem. Estou surpreso. Eu não achei que o senhor fosse aparecer".

Eu disse apenas: "Espero que acabe valendo a pena".

Georges, o chefe dos bartenders do Ritz, é especialista em daiquiris. Pedi um daiquiri duplo, e Aces também; enquanto estavam sendo misturados, Aces me perguntou: "O que o senhor sabe a respeito de Kate McCloud?"

Dei de ombros. "Só o que eu leio na imprensa marrom. Sabe se virar com um rifle. Não foi ela que atirou num leopardo branco?"

"Não", disse ele, pensativo. "Ela estava em um safári na Índia e atirou num homem que tinha matado um leopardo branco – por sorte o tiro não foi fatal."

Os drinques foram servidos e bebidos sem que trocássemos nenhuma palavra, a não ser pelos latidos intermitentes de Mutt. Um bom daiquiri tem um sabor cítrico e um leve toque adocicado; um daiquiri ruim é puro ácido. Georges sabia muito bem a diferença. Então pedimos outra rodada, e Aces disse: "Kate tem um apartamento aqui no hotel e, depois dessa conversa, eu quero que ela e o senhor se conheçam. Ela está nos esperando. Mas antes eu quero que o senhor saiba algumas coisas a respeito dela. Aceita um sanduíche?"

Pedimos sanduíches de frango, o único sabor disponível no bar do Ritz pelo lado da Rue Cambon. Aces disse: "Eu tive um companheiro de quarto em Choate – Harry McCloud. A mãe dele era uma Otis de Baltimore, e o pai tinha muitas terras na Virgínia – ele era dono de boa parte de Middleburg, onde criava cavalos de caça. Harry era um sujeito muito intenso, muito competitivo e ciumento. Mas todo mundo com tanto dinheiro quanto ele também era, e além disso bonito, atlético – você não tem muito do que reclamar. Todo mundo achava que ele era um cara normal, exceto por um detalhe – sempre que o pessoal começava a falar besteiras sobre sexo, sobre as garotas que tinham traçado, queriam traçar, essas coisas, bem, Harry ficava de bico fechado. Durante os dois anos que dividimos o quarto ele nunca teve uma namorada, nunca falou em garota nenhuma. Alguns achavam que talvez Harry fosse veado. Mas eu sabia que não. Era um grande mistério. Até que, uma semana antes da formatura, enchemos a cara de cerveja – ah, bons tempos! – e eu perguntei se a família dele viria, e Harry disse: 'O meu irmão vem. O meu pai e a minha mãe também.' E eu disse: 'E a sua namorada? Ah, não. Você não tem namorada.' Ele me encarou por um bom tempo, como se estivesse decidindo entre me dar um murro ou me ignorar. No fim ele sorriu; foi o sorriso mais poderoso que eu já vi num rosto humano. Não sei explicar por quê, mas aquilo me impressionou; eu tive vontade de chorar. 'Tenho sim. Eu tenho uma namorada. Ninguém sabe. Nem os pais dela, nem os meus. Mas nós estamos noivos há três anos. Quando eu fizer 21 nós vamos casar. Eu faço dezoito em julho e por mim eu já casaria. Mas não posso. Ela só tem doze anos.'

"Com poucas exceções, os segredos não devem ser contados nunca, ainda mais quando representam uma ameaça maior para quem os escuta do que para quem os conta; senti que Harry logo se voltaria contra mim por eu ter incitado, ou permitido, essa confissão. Mas depois de começar ele não deu trégua. Harry falava de modo incoerente, com a incoerência dos obcecados: o pai da garota, um sr. Mooney, era um imigrante irlandês, um legítimo rato dos pântanos de County Kildare, que trabalhava como cavalariço na fazenda dos McCloud em Middleburg. A garota, Kate, era uma de cinco meninas, todas elas horrendas. Menos a mais novinha, Kate. 'A primeira vez que eu a vi – que a *percebi*, na verdade – ela tinha seis, sete anos. Todas as meninas dos Mooney são ruivas. Mas o cabelo *dela*. Mesmo cortado baixinho. Como um garoto. Ela montava muito bem. Com ela os cavalos davam saltos que faziam o meu coração palpitar. E tinha olhos verdes. Mas não era um verde *qualquer*. Ah, não sei explicar.'

"Os McCloud tinham dois filhos, Harry e um garoto mais moço, Wynn. Mas eles sempre tinham sonhado com uma menina e, aos poucos, sem nenhuma resistência por parte dos Mooney, receberam Kate em sua própria casa. A sra. McCloud era uma pessoa culta, linguista, musicista, colecionadora. Ela deu aulas de francês e alemão para Kate e a ensinou a tocar piano. E, mais importante, tirou tudo o que era irlandês do vocabulário de Kate. A sra. McCloud a vestia e, quando os McCloud tiravam férias na Europa,

Kate acompanhava a família. 'Eu nunca tive outro amor.' Foi isso o que Harry me disse. 'Dois anos atrás eu a pedi em casamento, e Kate me prometeu que não se casaria com outra pessoa. Dei a ela um anel de diamante. Roubei da caixa de joias da minha vó. Ela achou que tinha perdido. Chegou até a acionar o seguro. Kate guarda o anel escondido numa valise'."

Quando os sanduíches chegaram, Aces afastou o dele, preferindo um cigarro. Eu comi a metade do meu e ofereci o resto a Mutt.

"E, claro, quatro anos mais tarde Harry McCloud casou com essa garota extraordinária, que mal tinha feito dezesseis anos. Eu estava na cerimônia – foi na igreja episcopal de Middleburg – e só fui ver a noiva quando ela entrou na igreja de braço dado com o pai irlandês dela. Bem, a verdade é que *ela era uma aberração*. A graça, a postura, a *influência*: independente da idade, Kate era uma atriz genial. Você gosta de Raymond Chandler, Jones? Ah, ótimo. Ótimo. Acho que ele é um grande artista. Kate Mooney me fazia lembrar das heroínas ricas misteriosas e enigmáticas de Raymond Chandler. Só que com muito mais classe. De qualquer jeito, Chandler escreveu a respeito de uma de suas heroínas: 'Existem loiras e loiras'. É verdade; mas é ainda mais verdade em relação às ruivas. Tem sempre alguma coisa errada com as ruivas. Ou o cabelo é crespo, ou da cor errada, ou escuro e grosso demais, ou claro e fraco demais. E a pele simplesmente rejeita os elementos: o vento, o sol, tudo estraga a pele. Uma ruiva bonita de verdade é mais rara do que um rubi sangue de pombo de quarenta quilates perfeito – ou até imperfeito. Mas nada disso se aplicava a Kate. O cabelo dela era como um pôr do sol no inverno, iluminado pelos últimos brilhos do crepúsculo. A única ruiva com um rosto capaz de rivalizar com o dela era Pamela Churchill. Mas Pamela é inglesa e cresceu imersa nas neblinas orvalhadas da Inglaterra, algo que todo dermatologista devia engarrafar. E Harry McCloud estava coberto de razão ao falar sobre os olhos dela. Na maioria das vezes é tudo história. Os olhos são cinza, um cinza azulado salpicado de verde. Uma vez, no Brasil, eu vi na praia um mulatinho de pele clara com olhos levemente amendoados e verdes como os de Kate. Como as esmeraldas da sra. Grant.

"Ela era perfeita. Harry a adorava; os pais dele também. Mas todos tinham deixado passar um pequeno detalhe – Kate era astuta, mais do que qualquer um deles, e tinha planos muito além dos McCloud. Eu percebi de cara. Sou do mesmo naipe, mesmo que eu não tenha um décimo da inteligência de Kate."

Aces fisgou um fósforo no bolso da jaqueta; depois de friccioná-lo contra a unha do polegar, acendeu mais um cigarro.

"Não", disse Aces, respondendo a uma pergunta que eu não tinha feito. "Eles não tiveram filhos. Os anos foram passando e todo Natal eu recebia um cartão, quase sempre uma foto de Kate num cavalo de caça – e Harry segurando as rédeas, com um clarim na mão. Bubber Hayden, um sujeito que tínhamos conhecido em Choate, apareceu num dos jantares de Joe Alsop em Georgetown; eu sabia que ele morava em Middleburg, então perguntei a respeito dos McCloud. Bubber disse: 'Eles se divorciaram – ela foi morar no exterior acho que há uns três meses. É uma história triste e eu não sei nem a metade. Só sei que os McCloud colocaram Harry numa daqueles hospícios confortáveis em Connecticut, com portões vigiados e grades nas janelas.'

"Essa conversa foi por volta de agosto. Liguei para a sra. McCloud – ela estava negociando potros em Saratoga – e perguntei sobre Harry; eu disse que gostaria de fazer uma visita, mas ela disse que não, que era impossível, e começou a chorar e pediu desculpas e desligou.

"Eu estava indo passar o Natal em St. Moritz; no caminho, fiz uma parada em Paris e liguei para Tutti Rouxjean, que tinha trabalhado vários anos como *vendeuse* para Balenciaga. Convidei-a para almoçar comigo e ela aceitou, desde que fosse no Maxim's. Perguntei se não poderíamos nos encontrar em algum bistrô discreto e ela respondeu que não, teria que ser no Maxim's. 'É importante. Você vai ver.'

"Tutti tinha reservado uma mesa no salão principal e, depois que tomamos um cálice de vinho branco, ela apontou para uma mesa próxima, vazia e posta com grande ostentação para uma pessoa. 'Espere só', disse Tutti. 'Daqui a pouco a mulher mais linda do mundo vai sentar naquela mesa, sozinha. Cristóbal vem fazendo roupas para ela nos últimos seis meses. Ele acha que não surgiu ninguém como ela desde Gloria Rubio.' (Nota: Mme. Rubio, uma mexicana elegantérrima que ficou conhecida ao longo de vários estágios de seus compromissos maritais como esposa do conde von Fürstenberg, do príncipe Fakri do Egito e do milionário inglês Loel Guinness.) '*Le tout Paris* está falando sobre ela, mas ninguém sabe muita coisa a seu respeito. Só que ela é americana. E que almoça aqui todos os dias. Sempre sozinha. Parece que ela não tem nenhum amigo. Ah, veja. Lá vem ela.'

"Ao contrário de todas as mulheres no salão, ela estava de chapéu. Era um glamoroso chapéu preto de aba macia, grande, com o formato de um Borsalino. Um cachecol de *chiffon* estava amarrado em volta da garganta. O chapéu, o cachecol, esse era o drama; o resto era o mais liso e também o mais bem-cortado dos *tailleurs* pretos de bombazina feitos por Balenciaga.

"Tutti disse: 'Ela é de algum lugar no Sul. O nome dela é McCloud.'

"'Esposa de Harry Clinton McCloud?'

"Tutti disse: 'Você a *conhece*?'

"E eu disse: 'Ao menos eu deveria. Fui sacristão no casamento dela. Que coisa incrível. Meu Deus, ela não pode ter mais de 22 anos.'

"Pedi a um garçom que me trouxesse papel e escrevi um bilhete: 'Cara Kate, não sei se você lembra de mim, mas eu fui colega de quarto de Harry na escola e sacristão no seu casamento. Estou passando uns dias em Paris e gostaria muito de ver você, se não for pedir muito. Estou no Hotel Lotti. Aces Nelson.'

"Fiquei observando enquanto ela leu o bilhete, olhou na minha direção, sorriu para mim e escreveu uma resposta: 'Lembro sim. Se na saída nós pudermos falar a sós dois minutos, por favor tome um conhaque comigo. Cordialmente, Kate McCloud.'

"Tutti ficou tão fascinada que nem se ofendeu com a exclusão: 'Não quero pressionar você agora, Aces, mas prometa que depois vai me falar a respeito dela. Ela é a mulher mais linda que eu já vi. Achei que tivesse ao menos uns trinta anos. Por causa do "olho" – o conhecimento verdadeiro, o bom gosto. Ela é uma dessas criaturas atemporais, acho.'

"Assim, depois que Tutti foi embora, fui encontrar Kate em sua mesa solitária; sentei-me ao lado dela na banqueta vermelha e, para minha grande surpresa, fui recebido com um beijo no rosto. Corei de choque e de surpresa, e Kate riu – ah, e que riso, o dela; sempre me faz pensar em um copo de conhaque brilhando em frente à lareira – ela riu e disse: 'Por que não? Já faz um bom tempo que não beijo um homem. Que não falo com ninguém além de garçons e camareiras e vendedores. Eu faço muitas compras. Já tenho coisas suficientes para mobiliar Versailles.' Perguntei quanto tempo fazia que ela estava em Paris e onde ela estava morando e como iam as coisas. E ela disse que estava no Ritz, tinha chegado em Paris havia mais de um ano. 'Em relação à minha rotina

– vou às compras, peço ajustes nas roupas, visito todos os museus e galerias, faço um passeio até o Bois, leio, durmo um monte e almoço todos os dias aqui nessa mesa: não é muito criativo, mas a caminhada do hotel até aqui é agradável e não existem muitos restaurantes aconchegantes onde uma mulher jovem possa almoçar sozinha sem parecer um pouco suspeita. Até o proprietário aqui, Monsieur Vaudable – acho que no início ele pensou que eu fosse algum tipo de cortesã.' E eu disse: 'Mas deve ser uma vida solitária. Você não tem vontade de ver gente? Fazer alguma coisa fora da rotina?'

"Ela disse: 'Tenho. Eu gostaria que me servissem café com um licor diferente. Alguma coisa inédita. Você tem alguma sugestão?'

"Então eu descrevi Verveine; pensei nesse licor porque o tom de verde é o mesmo que o dos olhos dela. É feito com um milhão e não sei quantas mil ervas; nunca o encontrei fora da França e, mesmo aqui, só numa meia dúzia de lugares. É uma delícia; mas deixa você no mesmo estado que uma bebida vagabunda de alambique. Então tomamos algumas doses de Verveine, e Kate disse: 'Você tinha razão. É bem diferente. E, para responder a sério a sua pergunta, sim, estou ficando meio... ah, não *aborrecida*, mas *tentada*: com medo, mas tentada. Se você sofre por muito tempo, se você acorda todas as manhãs com um sentimento cada vez maior de histeria, tudo o que você quer é se aborrecer, dormir até cansar, ficar em silêncio por dentro. Todo mundo queria que eu fosse para um hospital; e eu teria feito qualquer coisa para agradar a mãe de Harry, mas eu sabia que não poderia mais viver, me sentir *tentada*, a não ser que eu resolvesse fazer isso sozinha, sem a ajuda de ninguém.'

"De repente eu disse: 'Você esquia bem?' E ela disse: 'Acho que eu podia ter aprendido. Mas Harry me levava sempre ao mesmo lugar horrível no Canadá. Gray Rocks.

Menos trinta graus. Ele adorava, porque lá era todo mundo feio. Aces, esse licor é uma descoberta maravilhosa. Sinto que o meu sangue está descongelando.'

"Então eu disse: 'O que você acharia de passar o Natal comigo em St. Moritz?' E ela quis saber: 'É um convite platônico?' Fiz uma promessa solene. 'Podemos ficar no Palace, em andares o mais distante possível.' Ela riu e disse: 'Eu topo. Mas só se você me pagar outro Verveine.'

"Isso foi seis anos atrás – meu Deus, quanta coisa não se passou desde então. Mas aquele primeiro Natal em St. Moritz! Sem brincadeira, a jovem srta. McCloud, de Middleburg, Virgínia, foi um dos acontecimentos mais importantes na história da Suíça desde que Aníbal atravessou os Alpes.

"Além disso, ela esquiava como poucos – tão bem como Doris Brynner ou Eugénie Niarchos ou Marella Agnelli: Kate e Eugénie e Marella pareciam trigêmeas em total sintonia. As três costumavam subir de helicóptero até o Corviglia Club todos os dias de manhã para almoçar e depois descer de esqui durante a tarde. Todo mundo a adorava. Os gregos. Os persas. Os alemães-batata. Os italianos polenteiros. Em todos os jantares, sem exceção, o xá pedia que ela sentasse com ele à mesa. E não eram só os homens – as mulheres, até as jovens que rivalizavam com ela em beleza, como Fiona Thyssen e Dolores Guinness, tratavam-na com carinho, acho que porque Kate tinha atitudes absolutamente corretas: nunca flertava e, quando ia para as festas, chegava comigo e saía comigo. Alguns imbecis acharam que tínhamos um caso, mas os mais espertos diziam, com razão, que uma garota como Kate jamais se envolveria com um jogador de gamão pé-rapado como Aces Nelson.

"E além do mais, eu não tinha a menor intenção de ser o amante dela. Só um amigo; um irmão, quem sabe. Nós costumávamos sair a dar passeios pelas florestas nevadas ao redor de St. Moritz. Muitas vezes ela falava sobre os McCloud e como eles tinham sido bons para ela e para as irmãs dela, as garotas Mooney. Mas ela evitava o nome de Harry e, quando falava nele, as referências eram casuais, mas com notas de amargura – até que uma tarde, enquanto passeávamos em volta do lago congelado sob o palácio, um cavalo que puxava um trenó escorregou no gelo e caiu e quebrou as duas patas dianteiras.

"Kate soltou um grito. Um grito que ressoou por todo o vale. Ela começou a correr e deu de cara com outro trenó que estava dobrando a esquina. Kate não estava ferida, mas ela entrou numa espécie de coma histérico – ficou quase inconsciente até chegarmos de volta ao hotel. O sr. Badrutt estava esperando com um médico. O médico aplicou nela uma injeção que fez seu coração bater outra vez, devolveu o brilho aos seus olhos. Ele queria chamar uma enfermeira, mas eu disse que não, que eu ficaria com ela. Então nós a levamos até a cama e o médico aplicou mais uma *piqure*, que acabou com qualquer resquício de pânico; e nesse instante eu percebi que, nadando por baixo daquela superfície elegante, havia uma garotinha temerosa, se afogando.

"Diminuí a luz e ela disse por favor não vá embora, e eu disse não vou embora, só vou sentar aqui, e ela disse não, eu quero que você deite aqui do meu lado, então eu me deitei, e nós ficamos de mãos dadas e ela disse: 'Me desculpe. Foi por causa do cavalo. Aquele que caiu no gelo. Eu sempre quis um cavalo baio, e há dois anos a sra. McCloud me deu uma égua de aniversário – uma excelente montaria de caça, muito valente; nós duas nos divertíamos muito juntas. Claro, Harry a odiava; era parte do ciúme doentio que ele tinha de mim desde a nossa infância. Uma vez, no verão em que casamos, ele destruiu o jardim que eu tinha plantado; primeiro, disse que tinha sido uma raposa, mas depois assumiu a culpa:

ele achou que eu dedicava tempo demais ao jardim. E foi por isso que Harry não quis que eu tivesse um filho; a mãe dele sempre tocava no assunto, até que num jantar de domingo, na frente de toda a família, ele gritou: "Serve um neto *preto*? Ou você não conhece gente como Kate? Ela trepa com os pretos. Sai pelo campo afora e se deita e fode com os pretos." Depois Harry foi estudar Direito na Washington and Lee e levou bomba porque não conseguia se concentrar sabendo que não tinha ninguém me vigiando; ele abria e lia todas as minhas correspondências antes que eu mesma tivesse a oportunidade; e escutava todas as minhas ligações telefônicas: sempre dava para ouvir a respiração dele no outro lado da linha. Já fazia tempo que ninguém nos convidava para festas; não conseguíamos ir nem ao country club – bêbado ou sóbrio, Harry sempre acabava dando uns murros em alguém, quase sempre o homem que me tirasse para dançar mais de uma vez. E o pior de tudo – ele achava que eu o traía com seu pai e com seu irmão, Wynn. Perdi a conta de quantas vezes ele me sacudiu à noite para me acordar e, com uma faca na minha garganta, dizia: "Não minta para mim, sua vagabunda, sua puta, você que fode com os pretos. É melhor você confessar, senão vou cortar a sua garganta de uma orelha até a outra. Vou cortar a sua cabeça fora. Fale a verdade. Wynn é um garanhão dos bons, o melhor que você já teve, e Papai também." Essa conversa se estendia por horas, Aces – com a lâmina da faca na minha garganta. A sra. McCloud, todo mundo sabia: mas a sra. McCloud chorava e implorava para eu não ir embora, porque sabia tão bem quanto eu que Harry ia se matar se eu fosse. E aí aconteceu uma coisa com a minha égua baia, Nanny. Até a sra. McCloud teve que abrir os olhos para a dimensão da loucura de Harry – para esse ciúme doentio. Porque o que Harry fez, ele foi até o estábulo e quebrou as quatro patas de Nanny com um pé-de-cabra. Até a sra. McCloud viu que era inútil, que Harry ia acabar me matando mais cedo ou mais tarde; ela fretou um avião e fomos para Sun Valley, onde ficou comigo o tempo inteiro enquanto providenciávamos o divórcio em Idaho. Uma pessoa fora de série, a sra. McCloud; eu telefonei no Natal e ela ficou feliz de saber que eu estava em St. Moritz passeando e vendo caras novas: perguntou se eu tinha conhecido homens interessantes. Como se eu fosse casar outra vez!'

"Mas sabe", disse Aces, "ela casou. Menos de um mês depois."

Sim: eu lembrava de um amontoado de capas de revista nas bancas de Paris: *Der Stern, Paris Match, Elle.* "Claro. Ela se casou com...?"

"Axel Jaeger. O homem mais rico de toda a Alemanha."

"E depois ela se divorciou de Herr Jaeger?"

"Não exatamente. Esse é um dos motivos por que eu gostaria de apresentar o senhor para ela. Kate está correndo perigo. Precisa de proteção. Também precisa de um massagista que a acompanhe em todas as viagens. Alguém que tenha cultura. Uma pessoa apresentável."

"Eu não tenho cultura."

Aces deu de ombros e olhou para o relógio. "Posso telefonar para ela e dizer que estamos subindo?"

Eu devia ter dado ouvidos a Mutt; ela estava resmungando, como se quisesse me alertar. Em vez disso, deixei Aces me levar até o quarto de Kate McCloud. Kate, por quem eu menti, roubei, cometi crimes que poderiam, e ainda podem, me jogar na cadeia pelo resto da vida.

O tempo mudou; chuviscos – um refresco para diluir o fedor do mormaço em Manhattan. Não que fosse possível se livrar do cheiro de sungas e lisol aqui na minha querida ACM. Dormi até tarde e depois liguei para o The Self Service para cancelar um encontro que tinham marcado para mim às seis horas com um bofe no Yale Club. O bosta dourado de sol, o bronzeado Butch, disse: "Você pirou? Esse cliente vai pagar cem pratas. Nada menos que um Benjamin Franklin." Enquanto eu me defendia ("Sério, Butch, estou com as bolas doendo") ele pôs a própria srta. Self na linha e ela me deu uma puteada estilo Ilse Koch, de Buchenwald ("Ah, é? Você quer trabalhar? Não quer? Diletantes a gente não precisa!").

Está bem, está bem. Tomei banho, fiz a barba e cheguei no Yale Club com uma camisa de colarinho abotoado, cabelo curto, discreto, nem gordo, nem efeminado, entre trinta e quarenta anos, bem-dotado e bem-educado: justo o que o bofe tinha pedido.

Ele pareceu gostar de mim; e não foi nenhuma batalha – um trabalho horizontal, os olhos fechados, de vez em quando um grunhido falso de apreciação enquanto eu fantasiava a respeito do espasmo obrigatório ("Não se segure. Deixe vir.")

O "cliente", para usar a terminologia da srta. Self, era amistoso, careca, duro como casca de noz, um homem na casa dos sessenta, casado, com cinco filhos e dezoito netos. Viúvo, tinha se casado com a secretária, vinte anos mais moça do que ele, havia uma década, talvez. Era um diretor de seguros aposentado que tinha uma fazenda em Lancaster, Pensilvânia, onde criava gado e cultivava rosas "incomuns" como hobby. Tudo isso ele disse enquanto eu me vestia. Gostei dele e, acima de tudo, gostei que ele não fez uma única pergunta sobre a minha vida. Quando eu estava de saída ele me deu um cartão (inédito entre os discretos clientes do The Self Service) e falou que se um dia eu quisesse tirar férias da cidade era só telefonar: eu seria muito bem recebido nas Appleton Farms. O nome dele era Roger W. Appleton, e a sra. Appleton, ele me informou com uma piscadela agradável, sem nada de vulgar, era uma esposa compreensiva: "Alice é uma pessoa muito boa. Mas ela é incansável. Adora ler". Entendi que ele estava propondo um *ménage à trois*. Nos despedimos com um aperto de mãos – ele usou tanta força que os nós dos meus dedos ficaram formigando por um minuto inteiro – e eu prometi que pensaria a respeito. Porra, era algo a se considerar: o gado vagando, o pasto verdejante, as rosas, a ausência de...

Tudo isso! Roncos. Respirações imundas. Asfixia. O tap-tap lúgubre de passadas ávidas. No caminho até em "casa", haha, comprei meio litro de gim em oferta – o tipo de ambrosia tosca que faria engasgar um penca de gargantas habituadas ao que há de mais vil. Acabei com a metade da garrafa em dois talagaços, então comecei a menear a cabeça, a pensar em Denny Fouts e desejar que eu pudesse descer correndo as escadas e encontrar um ônibus, o Magic Mushroom Express, um torpedo fretado que me levasse até o fim da linha, disparasse comigo até chegar naquela discoteca idílica: Father Flanagan's Nigger Queen Kosher Café.

Pare. Você está bêbado, P. B., você é um perdedor, um bêbado estúpido de merda, P. B. Jones. Então boa noite. Boa noite, Walter Winchell – seja qual for o inferno onde você está assando. Boa noite, sr. e sra. América e todos os navios do mar – seja qual for o mar onde vocês estão afundando. E um boa-noite todo especial à sábia filósofa Florie Rotondo, de oito anos. Florie – de todo o coração, querida –, espero que você nunca tenha chegado ao centro da Terra, nunca tenha encontrado urânio, rubis e Monstros Imaculados. De todo o coração, do que sobrou dele, espero que você tenha se mudado para o campo e vivido feliz para sempre.

II

Kate McCloud

"Posso até ser uma ovelha negra, mas tenho cascos de ouro"
P. B. Jones,
durante uma bebedeira

No decorrer da semana a minha adorada patroa, a srta. Victoria Self, me arranjou sete "encontros" em três dias, mesmo que eu tenha inventado todos os pretextos imagináveis para não ir, de bronquite a gonorreia. E agora ela está tentando me convencer a aparecer num filme pornô ("P. B., querido, escute. É uma produção de nível. Com script e tudo. Você vai ganhar duzentos dólares por dia"). Mas eu não quero me meter nisso, não agora.

De qualquer jeito, noite passada eu estava com o sangue fervendo, agitado demais para dormir; era impossível, eu não conseguia de jeito nenhum ficar deitado sem pregar o olho aqui na divina ACM escutando os peidos noturnos e os pesadelos dos meus irmãos em Cristo.

Então resolvi caminhar até a West 42nd Street, que não fica muito longe, e assistir um filme num daqueles cinemas 24 horas com cheiro de amônia. Já passava da uma hora quando eu saí, e o passeio me levou ao longo de nove quadras da Eighth Avenue. Prostitutas, negros, porto-riquenhos, alguns brancos e todos os estratos da sociedade de rua — cafetões latinos de luxo (um deles usando um chapéu branco de *vison* e uma pulseira de diamante), viciados em heroína cochilando no vão das portas, michês, entre os mais ousados os garotos ciganos e os porto-riquenhos e os caipiras de catorze e quinze anos que tinham fugido de casa ("Senhor! Dez dólares! Me leve para casa! Me enrabe a noite inteira!") – circulavam pelas calçadas como abutres pairando acima de um abatedouro. De vez em quando uma rádio-patrulha, os passageiros desinteressados, indiferentes, pois conhecem tão bem a cena que seus olhos estão cansados daquela visão.

Passei pelo The Loading Zone, um bar S&M na 40th com a Eighth, e lá tinha uma gangue de arruaceiros com jaquetas e capacetes de couro amontoados na calçada em volta de um jovem vestido igual a eles que, inconsciente, tinha se esparramado entre a calçada e o cordão, onde todos os seus amigos, colegas, torturadores, como você quiser chamar, mijavam em cima dele, da cabeça aos pés. Ninguém percebia nada; ou melhor, percebiam, mas só o suficiente para diminuir um pouco a marcha; todos seguiam caminhando – todos, exceto um bando de prostitutas indignadas, pretas, brancas, e pelo menos a metade delas travestis, que gritavam com os mijões ("Parem! Ah, parem agora mesmo! Seus *veados*. Seus veados imundos!") e batiam neles com as bolsas – até que os garotos com o uniforme de couro começaram a dar uma mangueirada nelas também, rindo mais alto, e as "garotas", com calças stretch e perucas surrealistas (mirtilo, morango, baunilha, afro-dourada), bateram em retirada, mas sem perder o bom humor: "Bichas. Veados. Bichas imundas e malvadas."

Elas pararam na esquina para encher de desaforos um pregador, um tipo de orador que, como um exorcista enfrentando demônios, investia contra uma audiência de marujos e michês, traficantes e mendigos, e garotos pés-rapados do interior recém-chegados do terminal de ônibus da Port Authority. "Sim! É verdade!", gritava o pregador, com as luzes bruxuleantes de uma carrocinha de cachorro-quente enverdecendo seu rosto jovem, tenso, faminto e histérico. "O demônio chafurda dentro de vocês", gritava ele, o sotaque de Oklahoma espinhoso como arame farpado. "O demônio está à espreita, enchendo a barriga com os pecados de vocês. Deixem que a luz do Senhor o mate de fome! Deixem que a luz do Senhor eleve-os ao céu –"

"Ah é?", bradou uma das putas. "Nenhum Senhor vai elevar alguém que nem você. Você só fala merda."

A boca do pregador se contorceu com o ressentimento dos lunáticos. "Escória imunda!"

Uma voz respondeu: "Cale a boca. Pare com os xingamentos."

"O quê?", perguntou o orador, mais uma vez aos berros.

"Eu não sou melhor que eles. E você não é melhor que eu. Somos todos iguais." E de repente eu notei que a voz era *minha*, e pensei ai ai garoto, meu Deus, você está perdendo a cabeça, seu cérebro está escorrendo pelas orelhas.

Então entrei no primeiro cinema que apareceu na minha frente, sem nem me importar com os filmes que estavam em cartaz. No lobby, comprei um chocolate e um saquinho de pipoca com manteiga – eu não tinha comido nada desde o café-da-manhã. Peguei um lugar na galeria, o que foi um erro, porque é nas galerias desses empórios 24 horas que os vultos de maníacos sexuais incansáveis erram e espreitam pelas fileiras – putas arruinadas, mulheres de sessenta e setenta anos que chupam você por um dólar ("Cinquenta centavos?") e homens que oferecem o mesmo serviço de graça, e outros homens, às vezes executivos conservadores, que parecem especialistas em abordar os inúmeros bêbados adormecidos.

Na telona eu vi Montgomery Clift e Elizabeth Taylor. *Uma tragédia americana*, filme que eu já tinha visto pelo menos duas vezes, não que fosse nenhuma obra-prima, mas ainda assim era muito bom, em especial a última cena, que estava passando nesse exato momento. Clift e Taylor juntos, separados apenas pelas barras de uma cela na cadeia, uma cela mortal, pois Clift está a poucas horas da execução. Clift, já transformado em um espectro poético na mortalha cinza, e Taylor, deslumbrante aos dezenove anos, um frescor sublime como as lilases depois da chuva. Triste. *Triste.* Triste o suficiente para fazer Calígula chorar. Me engasguei com um punhado de pipoca.

O filme acabou e foi substituído de imediato por *Rio vermelho*, uma história de amor no Oeste com John Wayne e, mais uma vez, Montgomery Clift. Foi o primeiro papel importante de Clift no cinema, que o transformou numa "estrela" – e eu tinha boas razões para lembrar.

Lembra de Turner Boatwright, o finado e não muito saudoso editor de revistas, meu velho mentor (e nêmesis), o amável sujeito que apanhou de um latino chapado até que o coração dele parasse e os olhos saltassem das órbitas?

Um dia de manhã, quando ainda estava em boa graça, ele telefonou e me convidou para jantar: "Só uma festinha. Seis pessoas ao todo. É para Monty Clift. Você já viu o novo filme dele – *Rio vermelho*?", perguntou Boaty, e começou a explicar que conhecia Clift de longa data, da época em que ele ainda era ator iniciante e *protégé* dos Lunt. "Então", continuou ele, "eu perguntei se tinha alguma pessoa em especial que ele gostaria de conhecer e Monty disse que tinha, Dorothy Parker – ele sempre quis conhecer Dorothy Parker. Eu pensei meu Deus – porque Dottie virou uma pinguça de tamanha grandeza que você nunca sabe quando a cara dela pode acabar no prato de sopa. Mas eu liguei para Dottie e ela disse que seria um *grande prazer*. Ela achava que Monty era o garoto mais lindo que tinha visto em toda a vida dela. 'Mas eu não posso', disse Dottie, 'porque já prometi jantar com Tallulah nessa mesma noite. E você sabe como ela é: vai querer a minha cabeça se eu pedir uma dispensa.' Então eu disse escute, Dottie, deixe que eu cuido disso: vou ligar para Tallulah e dizer que ela também pode vir. E foi o que aconteceu. Tallulah disse que adoraria ir, q-q-querido, mas havia um detalhe – ela já tinha convidado Estelle Winwood, então será que elas poderiam ir juntas?

Era tentador imaginar essas três mulheres formidáveis reunidas na mesma sala: Bankhead, Dorothy Parker e Estelle Winwood. O convite de Boaty era para as sete e meia, com uma hora de coquetéis antes do jantar, que ele mesmo tinha preparado – sopa senegalesa, uma caçarola, salada, tábua de queijos e suflê de limão. Cheguei um pouco antes para ajudar no que fosse preciso, mas Boaty, com uma jaqueta de veludo verde-oliva, estava calmo, tudo estava em ordem e não havia nada a fazer além de acender as velas.

O anfitrião preparou um martíni "especial" para cada um de nós – gim a zero grau com uma gota de Pernod. "Sem vermute. Só um toque de Pernod. Um velho truque que aprendi com Virgil Thompson."

O horário das sete e meia logo virou oito; quando terminamos o segundo drinque as outras convidadas estavam mais de uma hora atrasadas, e a postura comedida de Boaty aos poucos foi para o espaço; ele começou a roer as unhas, um prazer dos mais incomuns. Às nove ele explodiu: "Meu Deus, você viu só o que eu fiz? Não sei quanto a Estelle, mas os outros três são todos bêbados. Convidei três alcoólatras para jantar! *Um* já é ruim o suficiente. Mas *três*. Eles não vão chegar nunca."

A campainha tocou.

"Q-q-querido..." Era a srta. Bankhead, rodopiando dentro de um casaco de *vison* no mesmo tom de seus longos cabelos ondulados. "Nos desculpe. Foi tudo culpa do taxista. Ele nos levou para o endereço errado. Um condomínio caindo aos pedaços no West Side."

A srta. Parker disse: "Benjamin Katz. Esse era o nome dele. Do taxista".

"Você está enganada, Dottie", corrigiu a srta. Winwood enquanto as três tiravam os casacos e Boaty as acompanhava até o escuro salão vitoriano, onde as toras crepitavam alegres na lareira de mármore. "O nome dele era Kevin O'Leary. Estava com uma infecção crônica do vírus irlandês. Por isso que ele não sabia para onde estava indo."

"Vírus irlandês?", perguntou a srta. Bankhead.

"Bebida, minha querida", disse a srta. Winwood.

"Ah, bebida", suspirou a srta. Parker. "É exatamente o que eu preciso", ainda que um leve balanço no jeito de andar sugerisse que mais uma bebida era exatamente o que a srta. Parker não precisava. A srta. Bankhead ordenou: "Um bourbon com água. E capriche na dose". A srta. Parker, reclamando de uma certa *crise de foie*, a princípio recusou, mas no fim disse: "Ah, talvez um cálice de vinho".

A srta. Bankhead, que me espiava parada junto à lareira, deu um rápido passo à frente; era uma mulher pequena, mas, por causa da voz retumbante e da vitalidade inabalável, parecia uma amazona. "Então esse é o sr. Clift, nossa grande estrela?", perguntou ela, pisca-piscando os olhos míopes.

Eu disse que não, que meu nome era P. B. Jones. "Não sou ninguém. Só um amigo do sr. Boatwright."

"Não é nem um dos 'sobrinhos' dele?"

"Não. Sou escritor, ou pretendo ser."

"Boaty tem tantos sobrinhos. Não sei de onde ele tira tantos. Boaty, cadê a droga do bourbon?"

Enquanto as convidadas acomodavam-se nos canapés de crina no salão de Boaty, decidi que das três era Estelle Winwood, atriz recém-entrada na casa dos sessenta, a mais impressionante. Parker – ela parecia o tipo de mulher a quem você ofereceria o lugar no metrô, uma criança vulnerável, incapaz, que tinha adormecido e acordado quarenta anos depois com olhos inchados, dentadura e hálito de uísque. E Bankhead – a cabeça dela era grande demais em relação ao corpo, os pés muito pequenos; e sua presença era marcante demais para caber em uma sala: seria preciso um auditório. Mas a srta. Winwood era uma criatura exótica – delgada como as cobras, empertigada como as diretoras de escola, usava um enorme chapéu de palha preta e aba larga que não tirou por um instante sequer ao longo de toda a noite; a aba daquele chapéu ensombrecia o palor perolado do rosto arrogante e escondia, ainda que não de todo, a malícia que faiscava suave em seu olhar lavanda. Ela estava fumando um cigarro, e logo ficou claro que ela era uma fumante inveterada, assim como a srta. Bankhead; e a srta. Parker também.

A srta. Bankhead acendeu um cigarro no outro e anunciou: "Eu tive um sonho estranho noite passada. Sonhei que eu estava no Savoy em Londres. Dançando com Jock Whitney. *Esse sim* era um homem atraente. Aquelas orelhonas vermelhas, as covinhas."

A srta. Parker disse: "Mas e aí? O que tem de estranho nisso?"

"Nada. Só que eu não pensava em Jock fazia mais de vinte anos. E aí hoje à tarde eu o vi. Ele estava atravessando a 57th Street para um lado, e eu para o outro. Não mudou muita coisa – engordou um pouco, ficou meio papudo. Meu Deus, como nos divertimos juntos. Ele me levava para assistir os jogos; e as corridas. Mas na cama não era bom. A mesma história de sempre. Uma vez eu fiz uma sessão de análise e joguei fora cinquenta dólares e uma hora do meu tempo tentando descobrir por que nunca dá certo com os homens que eu amo de verdade, que me tiram do sério. Enquanto qualquer assistente cenográfico sem a menor importância me leva à loucura."

Boaty apareceu com os drinques; a srta. Parker esvaziou o copo de um só gole, e então disse: "Por que você não traz logo a garrafa?"

Boaty disse: "Não estou entendendo o que aconteceu com Monty. Ele podia ao menos ter ligado."

"Miau! Miau." Logo depois dos miados escutamos o som de unhas arranhando a porta da frente. "Miau!"

"*Pardonnez-moi, señor*", disse o jovem sr. Clift enquanto entrava no salão e se agarrava em Boaty com um abraço. "Eu estava dormindo para curar uma ressaca." A primeira impressão era que, nesse caso, ele não tinha dormido o suficiente. Quando Boaty ofereceu um martíni ao sr. Clift, notei que suas mãos tremiam ao segurar o copo.

Por baixo de uma capa de chuva amarrotada, o sr. Clift trajava calças de flanela e um blusão cinza de gola rolê; também estava usando meias cor de argila e um par de mocassins. Ele tirou os calçados e se agachou aos pés da srta. Parker.

"Eu gosto do seu conto, aquele da mulher que fica esperando o telefone tocar. À espera de um cara que está tentando dar o fora nela. E ela fica inventando razões para explicar por que ele não liga, e inventando desculpas para não ligar. Sei tudo sobre o assunto. Já passei por situações idênticas. E aquele outro conto – 'Big Loira' – em que a mulher engole todas as pílulas mas acaba não morrendo, ela acorda e vê que a vida continua. Putz, eu odiaria que uma coisa dessas acontecesse. Será que alguém já passou mesmo por uma situação assim?"

A srta. Bankhead riu. "Claro que sim. Dottie está sempre se enchendo de pílulas ou cortando os pulsos. Eu lembro de uma visita que fiz no hospital; ela estava com os pulsos enfaixados em fita cor-de-rosa com lindos lacinhos de fita cor-de-rosa. Bob Benchley disse: 'Se não parar logo, Dottie vai acabar se machucando um dia desses'."

A srta. Parker protestou: "Benchley não falou nada disso. *Eu* falei. Eu disse: 'Se eu não parar de uma vez, uma hora dessas vou acabar me machucando'."

Boaty passou a hora seguinte zanzando entre a cozinha e o salão, trazendo drinques e mais drinques, se lamentando por causa do jantar, em especial por causa da caçarola, que estava secando. Já eram mais de dez horas quando ele convenceu as visitas a tomarem seus lugares à mesa, e eu ajudei a servir o vinho, único alimento que parecia interessar os convidados: Clift derrubou um cigarro em seu prato de sopa senegalesa antes da primeira colherada e ficou olhando imóvel para o vazio, como se estivesse fazendo o papel de um soldado neurótico. Todo mundo fingiu que não tinha visto, e a srta. Bankhead deu prosseguimento a uma anedota infindável ("Foi na época que eu tinha uma casa no campo, e Estelle estava lá comigo, e nós estávamos atiradas na grama ouvindo rádio. Era um radinho portátil, um dos primeiros modelos. De repente o locutor interrompeu a programação; pediu que aguardássemos um anúncio importante. Era o sequestro de Lindbergh. Ele explicou como alguém tinha usado uma escada para subir até o quarto e raptar o bebê. Quando acabou, Estelle deu um bocejo e disse: 'Bem, *dessa* nós escapamos, Tallulah!'"). Enquanto ela falava, a srta. Parker fez um gesto muito curioso, que chamou a atenção de todos; até a srta. Bankhead parou de falar. Com os olhos marejados, a srta. Parker acariciava o rosto absorto de Clift, com os dedos gorduchos roçando, cheios de ternura, a testa, as maçãs do rosto, os lábios, o queixo dele.

A srta. Bankhead disse: "Porra, Dottie. Quem você pensa que é? Helen Keller?"

"Ele é tão lindo", sussurrou a srta. Parker. "Sensível. Tão bem-feito. O jovem mais lindo que eu vi em toda a minha vida. Pena que seja um chupador de pica." Então, com a doce ingenuidade e o olhar arregalado das garotinhas, ela disse: "Nossa. Minha nossa. Eu disse alguma coisa que não devia? Quer dizer, ele é um chupador de pica, não é, Tallulah?"

A srta. Bankhead disse: "Q-q-querida, eu não sei m-m-mesmo. Ele nunca chupou a *minha*."

Não consegui manter os olhos abertos, *Rio vermelho* era muito chato, e o cheiro do desinfetante de latrina estava me cloroformizando. Eu precisava de um drinque, que logo encontrei no bar irlandês da 38th Street com a Eighth Avenue. Já era quase hora de fechar, mas o jukebox ainda estava a toda e um marinheiro dançava sozinho. Pedi um gim triplo. Quando abri a carteira, deixei cair um cartão. Um cartão de visitas branco com o nome, o endereço e o telefone de um homem: Roger W. Appleton Farms, Box 711, Lancaster, Pa. Tel: 905-537-1070. Olhei para o cartão, pensando em como ele tinha vindo parar em minhas mãos. Appleton? Um longo gole de gim clareou minhas ideias. Appleton. Claro. Um cliente do The Self Service, um dos poucos a deixar lembranças agradáveis. Passamos uma hora juntos no quarto dele no Yale Club; um homem mais velho, mas calejado, forte, robusto e com um aperto de mão que era um verdadeiro quebra-ossos. Um cara bacana, muito aberto – ele falou bastante a respeito de si: depois que a primeira esposa morreu ele casou com outra mulher, bem mais jovem, e os dois moravam juntos numa enorme fazenda com árvores frutíferas e vacas preguiçosas e estreitos riachos gorgolejantes. Appleton me deu o cartão dele e disse que eu poderia ligar e fazer uma visita a qualquer hora. Sob a influência da autopiedade, com a coragem exacerbada pelo álcool e ignorando que deviam ser três horas da manhã, pedi ao bartender que me trocasse cinco dólares por moedas de 25 centavos.

"Me desculpe, meu faixa. Mas estamos fechando."

"Por favor. É uma emergência. Preciso fazer um interurbano."

Enquanto contava o dinheiro, ele disse: "Seja lá quem ela for, não vale a pena".

Depois que eu disquei o número, uma telefonista solicitou quatro dólares adicionais. O telefone tocou meia dúzia de vezes antes que uma voz de mulher, grave e pastosa de sono, atendesse.

"Alô. O sr. Appleton está?"

Ela hesitou. "Sim. Mas ele está dormindo. Se for importante..."

"Não. Não é nada importante."

"Posso saber quem está falando?"

"Diga para ele... só diga que um amigo ligou. O amigo do outro lado do Rio Estige."

Mas retornemos àquela tarde de inverno em Paris quando eu conheci Kate McCloud. Lá estávamos nós três – eu, minha cadelinha vira-lata Mutt e Aces Nelson, nos apertando num daqueles elevadores forrados de seda no Ritz.

Fomos até o último andar, descemos e, enquanto caminhávamos pelo corredor decorado com baús de viagem antigos, Aces disse: "Claro, ela não sabe o motivo verdadeiro da sua vinda até aqui..."

"Se é por isso, eu também não sei!"

"Eu disse que tinha encontrado um massagista incrível. Sabe, desde o ano passado ela sofre com dores nas costas. Já foi a vários médicos, aqui e nos Estados Unidos. Uns dizem que é uma hérnia de disco, ou uma fusão espinhal, mas a maioria acha que é psicossomático, uma *maladie imaginaire*. Mas o problema é que..." A voz dele hesitou.

"É que?"

"Eu disse. Agora mesmo. Enquanto estávamos tomando nossos drinques no bar."

Partes da conversa repetiram-se na minha memória. Naquele momento, Kate McCloud era a esposa alienada de Axel Jaeger, industrialista alemão e supostamente um dos homens mais ricos do mundo. Aos dezesseis anos ela tinha casado com o filho de um rico criador de cavalos da Virgínia que empregava o pai dela como treinador. O casamento terminou por conta da crueldade mental excessiva. Em seguida ela se mudou para Paris e, com o passar dos anos, tornou-se uma diva das revistas de moda; Kate McCloud em uma caça aos ursos no Alasca, em um safári na África, em um baile dos Rothschild, no Grand Prix com a princesa Grace, em um iate com Stavros Niarchos.

"O problema é que..." Aces estava atrapalhado. "É que, como eu disse ao senhor, ela está correndo perigo. E precisa... bem, de alguém que fique com ela. De um guarda-costas."

"Porra, mas então não é só vender Mutt para ela?"

"Por favor", disse ele. "Isso não tem a menor graça."

Foram as palavras mais verdadeiras que Aces já tinha dito. Se ao menos eu pudesse imaginar o labirinto em que ele estava me metendo quando uma negra veio abrir a porta! Ela vestia um terno preto com várias correntes douradas no pescoço e nos pulsos. A boca também estava carregada de ouro; mais parecia um investimento financeiro do que uma arcada dentária. Ela tinha cabelo grisalho encrespado e um rosto liso, redondo. Se fosse para adivinhar a idade dela, eu teria dito 45, 46; mais tarde, descobri que ela era uma menina prometida em casamento.

"Corinne!", exclamou Aces, dando-lhe dois beijos no rosto. "*Comment ça va?*"

"Nunca me senti tão bem com tão pouco."

"P. B., essa é Corinne Bennet, a assistente da sra. McCloud. E, Corinne, esse é o sr. Jones, o massagista."

Corinne acenou com a cabeça, mas o olhar dela se concentrou na cadelinha debaixo do meu braço. "E quem é esse cachorro? Espero que não seja um presente para a sra. Kate. Ela vem falando sobre ter outro cachorro desde que Phoebe –"

"*Phoebe*?"

"Ela foi sacrificada. Que nem eu vou ser qualquer dia desses. Mas não toquem no assunto. Só vai começar tudo de novo. Por favor, tenham piedade; eu nunca tinha visto uma pessoa chorar tanto. Vamos, ela está esperando." Então, baixando a voz, ela acrescentou: "Aquela Mme. Apfeldorf está com ela".

O rosto de Aces se contorceu; ele me olhou como se tivesse algo a dizer, mas não foi preciso; eu já tinha folheado *Vogues* e *Paris Matches* o bastante para saber quem era Perla Apfeldorf. Casada com um magnata de platina sul-africano muito racista, ela era tão assídua nas altas rodas quanto Kate McCloud. Era brasileira, e na intimidade – ainda que eu só tenha descoberto mais tarde – os amigos a chamavam de duquesa Negra, insinuando que ela não tinha a pura ascendência portuguesa que afirmava ter, mas era cria das favelas do Rio, nascida com sangue mulato – o que, se fosse mesmo verdade, seria uma piada e tanto às custas do hitlerista Herr Apfeldorf.

O apartamento ficava protegido embaixo do beiral do hotel; os cômodos, dominados por grandes trapeiras redondas que davam para a Place Vendôme, eram todos do mesmo tamanho; no início eram usados como quartos para os criados, mas Kate McCloud havia emendado seis deles e decorado cada uma das peças num estilo diferente. O efeito geral era o de um apartamento em linha reta num condomínio luxuoso.

"Sra. Kate? Os cavalheiros estão aqui."

E, como num passe de mágica, estávamos no quarto de Kate McCloud. "Aces. Meu anjo." Ela estava sentada na beira da cama escovando o cabelo. "Os senhores aceitam um chá? Perla está preparando. Ou um licor? Não? Eu aceito. Corinne, pode me trazer uma gota de Verveine? Aces, você não vai me apresentar ao sr. Jones? O sr. Jones", confiou ela à Mme. Apfeldorf, que estava em uma cadeira ao lado da cama, "é quem vai exorcizar os demônios da minha coluna."

"Bem", disse a Mme. Apfeldorf, o cabelo liso, escuro e brilhoso como as penas de um corvo e uma voz que era quase um crocito, "espero que ele seja melhor do que aquele japonês sádico que Mona me recomendou. Nunca mais aceito uma recomendação dela. Não que antes eu tivesse aceitado outras. Mas você não vai acreditar no que aconteceu! Ele me fez deitar nua no chão e depois, com os pés descalços, *pisou* em cima do meu pescoço, caminhou de um lado para o outro pelas minhas costas e chegou até a dançar um pouco. Agonia *pura*."

"Ah, Perla", disse Kate McCloud, com uma voz lamentosa. "O que você sabe sobre agonia? Eu acabei de passar uma semana em St. Moritz sem ver um par de esquis que fosse. Não saí do meu quarto a não ser para ver Heinie. Fiquei lá tomando Doriden e rezando. Aces", disse ela, estendendo-lhe um porta-retrato prateado que estava em uma mesa perto da cama, "essa é uma foto recente de Heinie. Ele não está lindo?"

"Esse é o filho da sra. McCloud", explicou Aces, mostrando a fotografia emoldurada: um solene garoto bochechudo com mantas e um casaco de pele e um chapéu de pele com uma bola de neve na mão. E nesse instante eu percebi que pelo quarto havia dúzias de fotografias do mesmo garoto em diferentes épocas.

"Lindo. Com que idade ele está agora?"

"Cinco. Ou melhor, vai fazer cinco em abril." Ela continuou a escovar o cabelo, mas com força, de maneira destrutiva. "Foi um pesadelo. Eu não pude ficar sozinha com ele uma vez que fosse. O querido tio Frederick e o amado tio Otto. Pareciam duas solteironas velhas. Os dois estavam sempre em cima. Observando. Contando os beijos, prontos para me acompanhar até a porta no instante em que o horário acabasse." Ela atirou a escova para o outro lado do quarto, o que fez Mutt latir. "Meu bebê."

A duquesa Negra pigarreou; o som lembrava um corvo fazendo gargarejo. Ela disse: "Sequestre-o".

Kate McCloud deu uma gargalhada e caiu por cima de uma pilha de travesseiros Porthault. "Mas é estranho. Você é a segunda pessoa a me dizer isso nessa última semana." Ela acendeu um cigarro. "Não é bem verdade que eu não saí nunca lá em St. Moritz. Eu saí. Duas vezes. Numa fui jantar com o xá, e na outra saí à noite para uma festa louca que Mingo estava dando no King's Club. E conheci essa mulher incrível –"

Mme. Apfeldorf perguntou: "Dolores estava lá?"
"Onde?"
"Na festa do xá."
"Tinha muita gente, eu não lembro. Por quê?"
"Por nada. Só uns boatos. Quem estava organizando?"

Kate McCloud deu de ombros. "Um dos gregos. Os Livanos, acho. E depois do jantar Sua Alteza fez a mesma coisa de sempre: manteve todo mundo sentado à mesa por horas enquanto contava piadas sem graça. Em francês. Inglês. Alemão. Persa. Todo mundo se estourava de rir, mesmo sem entender uma palavra. Dá pena de ver Farah Diba; ela fica muito envergonhada –"

"Parece que ela não mudou muito desde que fomos colegas em Gstaad. Em Le Rosey."

"E Niarchos estava sentado ao meu lado, o que não ajudava em nada. Ele tinha bebido conhaque o suficiente para derrubar um rinoceronte. Ficou olhando para mim, com um jeito agressivo, e disse: 'Olhe nos meus olhos'. Não deu certo – ele não conseguia me focalizar. 'Olhe nos meus olhos e me diga o que a deixa mais feliz.' Eu disse que era dormir. Ele disse: '*Dormir*. É a coisa mais triste que eu já ouvi. A senhora vai ter toda a eternidade para dormir. Agora eu vou dizer o que me deixa mais feliz. Caçar. Matar. Me embrenhar na selva e matar tigres, elefantes, leões. Aí eu me sinto em paz. Feliz. O que a senhora acha disso?' E eu disse: 'É a coisa mais triste que *eu* já ouvi. Matar e destruir me parecem ser coisas patéticas demais para se chamar de felicidade.'"

A duquesa Negra inclinou a cabeça, concordando: "É, os gregos têm uma mentalidade sombria. Os gregos ricos. Eles têm a mesma semelhança com os humanos que os coiotes têm em relação aos cachorros. Coiotes *parecem* cachorros; mas não são –"

Aces interrompeu com um comentário: "Mas, Kate, você gosta de caçar. Como você explica isso?"

"Eu gosto de *brincar* de caçadora. Gosto das caminhadas e da natureza. Só atirei uma vez num urso pardo, e foi em legítima defesa."

"Você atirou num homem", disse Aces.

"Foi nas pernas. E ele mereceu. Tinha matado um leopardo branco." Corinne apareceu com um pequeno copo de Verveine, e Aces estava certo – o licor tinha o mesmo tom ultraverde dos olhos de Kate McCloud. "Mas o que eu comecei a contar foi sobre a mulher incrível que eu conheci no baile de Mingo. Ela sentou do meu lado e disse: 'Olá, querida. Fiquei sabendo que você é do Sul, e eu também. Sou do Alabama. Meu nome é Virginia Hill.'"

Aces disse: "Virginia Hill?"

"Ah, eu não sabia que ela era tão famosa antes de Mingo me contar. Eu nunca tinha ouvido esse nome."

"Nem eu", disse Mme. Apfeldorf. "O que ela faz? É atriz?"

"Namorada de um gângster", informou Aces. "A Mulher Mais Procurada. O FBI tem fotos dela em todas as agências de correio dos Estados Unidos. Uma vez eu li um artigo a respeito dela chamado 'A Madona do Submundo'. Todo mundo está atrás dela; não só o FBI, mas boa parte dos velhos amigos gângsteres também: sabem que ela pode falar demais se for presa. Quando a barra pesou ela fugiu para o México e casou com um instrutor de esqui austríaco; desde então vem se escondendo na Áustria e na Suíça. Os Estados Unidos não conseguiram a extradição."

"*Mon Dieu*", disse Mme. Apfeldorf, fazendo o sinal da cruz. "Ela deve ser uma mulher muito assustada."

"Eu não diria assustada. Desesperada, talvez até suicida; mas ela é convincente com aquela máscara jovial. Ela ficou me abraçando, me apertando e dizendo: 'É muito bom falar com alguém da minha terra. Porra, você pode pegar toda a Europa e enfiar no rabo. Está vendo a minha mão?' A mão estava envolta em esparadrapo e gaze, e ela disse: 'Peguei o meu marido na cama com uma dessas vagabundas refinadas e quebrei o maxilar dela. Queria ter quebrado o dele, também. Mas ele pulou pela janela. Você deve saber dos meus problemas nos Estados Unidos; mas às vezes eu penso que seria melhor voltar para casa e enfrentar tudo. Não vou ficar mais presa lá do que estou aqui.'"

Aces disse: "Mas como ela era? Bonita?"

Kate ficou pensativa. "Bonita, não, mas jeitosa, elegante, como uma garçonete. O rosto é gracioso, mas ela tem dois queixos. E não consigo imaginar o quanto pesam as tetas dela – mas são uns bons quilos."

"Kate, por favor", reclamou a duquesa Negra. "Você sabe que eu não gosto dessas palavras. Tetas."

"Ah, é mesmo. Eu sempre esqueço. Você foi educada por freiras brasileiras. De qualquer jeito, o que eu tinha começado a dizer era que de repente essa mulher grudou os lábios no meu ouvido e disse: 'Por que você não o sequestra?' Fiquei perplexa; eu não tinha ideia do que ela estava dizendo. Ela disse: 'Você sabe tudo a meu respeito mas eu sei bastante coisa sobre você. Sobre como você se casou com aquele alemão filho da puta que chutou você e ficou com o garoto. Escute, eu também sou mãe. Tenho o meu filho. E sei como você se sente. Com o dinheiro que ele tem, mais as leis europeias, o único jeito de recuperar o garoto é com um sequestro.'"

Mutt resmungou; Aces fez as moedas em seu bolso tilintarem; Mme. Apfeldorf disse: "Eu acho que ela estava certa. E é uma ideia possível."

"Possível, sim", disse Aces. "Perigosa para caramba. Mas *possível*."

"Como?", gritou Kate McCloud, esmurrando os travesseiros. "Você conhece a casa. É uma fortaleza. Eu nunca sairia de lá com ele. Não com aqueles tios-solteironas de vigia. Para não falar dos criados."

Aces disse: "Mesmo assim é possível. Com um plano muito bem pensado".

"Mas e aí? Depois que o alarme disparasse, eu não chegaria nem a quinze quilômetros da fronteira suíça."

"Mas imagine", crocitou Mme. Apfeldorf, "imagine que você não tentasse cruzar a fronteira. Não de carro, ao menos. Imagine que um jatinho particular Grumman estivesse à sua espera no vale. Depois que todo mundo estivesse a bordo seria só levantar voo."

"Mas para onde?"

"Para os Estados Unidos!"

Aces ficou empolgado: "Isso! Isso! Depois que vocês chegassem aos Estados Unidos, Herr Jaeger não teria o que fazer. Você poderia pedir o divórcio e qualquer juiz americano daria a custódia de Heinie a você."

"Vocês estão sonhando. Delirando. Sr. Jones", disse ela, "lamento ter feito o senhor esperar tanto tempo. A mesa de massagem fica no closet ao lado."

"Delirando. Pode ser. Mas eu pensaria a respeito", disse a duquesa Negra, levantando-se. "Vamos almoçar juntas na semana que vem."

Aces deu um beijo no rosto de Kate McCloud. "Vou ligar mais tarde, querida. Cuide bem dessa moça, P. B. E quando você tiver acabado, me procure no bar."

Enquanto eu montava a mesa, Mutt pulou em cima da cama e se agachou para fazer pipi. Fiz um gesto em sua direção. "Tudo bem. Coisas muito piores já aconteceram nessa cama. Ela é um amor de tão feia. Adorei a cara preta com os círculos brancos em volta dos olhos. Parece um panda. Qual é a idade dela?"

"Três, talvez quatro meses. Foi um presente do sr. Nelson."

"Eu queria ganhar um presente desses. Como ela se chama?"

"Mutt."

"O senhor não pode chamá-la por um nome desses. Ela é tão encantadora! Vamos pensar em algo mais apropriado."

Quando a mesa de massagem estava montada, Kate McCloud rolou para fora da cama e deixou cair o *négligé* diáfano que escondia sua nudez. Os pelos pubianos e o cabelo vermelho na altura dos ombros eram exatamente da mesma cor; uma ruiva legítima, sem dúvida. Ela era magra, mas o corpo não precisava de nenhum quilo extra; graças à postura perfeita, parecia mais alta do que era – tinha mais ou menos a minha altura: um metro e setenta. Como quem não quer nada, os seios empinados mal e mal balançando, ela atravessou o quarto e apertou o botão de um toca-discos estéreo: música espanhola e os violões da Segóvia aplacaram o silêncio. Sem fazer o menor ruído ela se aproximou da mesa e se deitou, com os cabelos suspensos em uma das extremidades. Suspirando, deixou as pálpebras caírem sobre os olhos brilhantes; fechou-os como se estivesse posando para uma máscara mortuária. Ela não usava maquiagem, o que sequer era necessário, pois as maçãs do rosto altas tinham um rubor natural e os lábios carnudos um rosa jamais visto. Senti uma comoção na minha virilha, uma comoção que ia enrijecendo enquanto eu contemplava aquele corpo saudável, escultural, os mamilos suculentos, a curva dos quadris e as pernas lânguidas que se estendiam até encontrar os pés delicados, cujo único defeito eram os joanetes de esquiadora nos dois dedinhos. Minhas mãos estavam trêmulas, suadas, e eu me amaldiçoava: corte essa, P. B. – isso não é nem um pouco profissional, meu velho. Mesmo assim, meu pau fazia força contra o zíper. Nada assim tão espontâneo tinha me acontecido antes, ainda que eu tivesse massageado, e mais do que massageado, um número considerável de mulheres atraentes – ainda que nenhuma se comparasse àquela Galateia. Sequei as mãos nas minhas calças e comecei a massagear o pescoço e os ombros dela, apertando a pele tesa e os tendões como se eu fosse um mercador experimentando tecidos finos. No início ela estava tensa, mas aos poucos se soltou, relaxou um pouco.

"Hmm", murmurou ela, como uma criança sonolenta. "Que bom. Me diga, como o senhor acabou nas mãos de alguém como o sr. Nelson?"

Fiquei feliz de conversar; valia qualquer coisa para me distrair daquela ereção travessa. Não só contei como eu tinha conhecido Aces num bar em Tânger, mas emendei também um breve relato sobre as aventuras de P. B. Jones. Um bastardo, nascido em St. Louis e criado num orfanato católico até que eu fiz quinze anos e fugi para Miami, onde trabalhei como massagista por uns cinco anos – até guardar dinheiro suficiente para ir a Nova York e tentar a sorte com o que eu queria fazer de verdade: ser escritor. Se deu certo? Ah, sim e não: eu tinha publicado um livro de contos – ignorado, infelizmente, pela crítica e pelo público, uma decepção que tinha me trazido à Europa, e longos anos de viagens e de viver às custas dos outros enquanto eu tentava escrever um romance; mas isso também tinha dado errado. E lá estava eu, ainda à deriva e sem nenhum futuro além do dia seguinte.

A essas alturas eu tinha chegado ao abdômen, massageado os músculos com movimentos circulares, descido para os quadris e, então, com o olhar fixo naqueles pelos pubianos avermelhados, pensei em Alice Lee Langman e nas memórias que Alice Lee Langman tinha de uma amante polonesa que gostava de enfiar cerejas na boceta dela e depois comê-las uma por uma. Minha imaginação amplificou essa fantasia. Imaginei cerejas descaroçadas, tenras, marinando no chantili, e vi os dedos suculentos de Kate McCloud escolhendo as cerejas mais cremosas e enfiando-as – Minhas pernas tremiam, meu cacete pulsava, minhas bolas estavam rijas como o punho de um avaro. Eu disse: "Com licença", e entrei no banheiro, seguido por Mutt, que ficou me olhando com uma expressão curiosa e matreira enquanto abri o zíper e toquei uma punheta. Não foi preciso muita coisa: duas ou três bombeadas e quase inundei o banheiro de porra. Depois de limpar a prova do crime com um lenço de papel, lavei o rosto, sequei as mãos e voltei para a minha cliente, as pernas moles como as de um marinheiro mareado, mas o pau ainda batendo continência.

A trapeira estava manchada com o anoitecer de inverno em Paris; a luz artificial marcava sua silhueta, delineava os traços de seu rosto. Ela estava sorrindo e disse, com uma nota alegre temperando o tom: "Está melhor?"

Um pouco mal-humorado, eu disse: "Será que a senhora poderia se virar...?" Comecei a massagear a nuca, deslizei os dedos pela coluna, e o tronco dela vibrava, como um gato ronronando. "Sabe," disse ela, "pensei em um nome para a sua cadelinha. Phoebe. Eu tive uma pônei chamada Phoebe. E uma cadela também. Mas talvez fosse bom perguntar a Mutt. Mutt, o que você acha de se chamar Phoebe?" Mutt se agachou para regar o tapete.

"Veja só, ela adorou! Sr. Jones", disse ela, "posso pedir um grande favor? Será que o senhor deixaria Phoebe passar a noite comigo? Eu odeio dormir sozinha. E sinto muita falta da minha outra Phoebe."

"Por mim tudo bem, se... se Phoebe concordar."

"Obrigada", ela disse.

Mas não estava tudo bem. Eu sabia que se eu deixasse Mutt lá com aquela feiticeira ela nunca seria minha outra vez. Talvez nem eu mesmo continuasse sendo meu. Era como se eu tivesse caído na fúria das águas, uma corrente borbulhante e gelada me carregando, me atirando em direção a uma cachoeira pitoresca mas traiçoeira. Enquanto isso as minhas mãos trabalhavam para relaxar suas costas, nádegas, pernas; a respiração de Kate McCloud era ritmada e constante. Quando tive certeza de que ela estava dormindo, me inclinei e dei um beijo em seu tornozelo.

Ela se mexeu, mas não acordou. Sentei na beira da cama, e Phoebe – isso mesmo, *Phoebe* – pulou e se aconchegou ao meu lado; logo ela também estava dormindo. Já tinham me amado antes, mas eu nunca tinha conhecido o amor, então não conseguia entender os impulsos, os desejos que davam voltas e mais voltas na minha cabeça, como uma montanha-russa. O que eu poderia fazer, o que eu poderia proporcionar a Kate McCloud que a obrigasse a respeitar e retribuir o meu amor? Meus olhos percorreram toda a extensão do quarto e detiveram-se no consolo da lareira e nas mesas que sustentavam o retrato do filho, emoldurado em prata: um garotinho sério, mesmo que em algumas fotografias estivesse sorrindo, ou tomando um sorvete, ou mostrando a língua ou fazendo caretas engraçadas. "Sequestre-o" – não tinha sido esse o conselho da duquesa Negra? Era absurdo, mas eu me via de espada em punho, castrando dragões e abrindo caminho pelos infernos para resgatar o menino e trazê-lo em segurança para os braços da mãe. Delírios. Besteira. Mas de alguma forma o instinto me dizia que o garoto era a resposta. Com todo o cuidado, saí do quarto na ponta dos pés e fechei a porta, sem atrapalhar o sono de Phoebe nem o da minha nova amante.

Tempo. Preciso apontar os lápis e começar um novo caderno de anotações.

Passei um bom tempo fora; quase uma semana. Mas agora é novembro, um frio repentino e inexplicável; saí numa chuva forte e peguei um dândi. Eu não teria saído se a minha patroa, a srta. Victoria Self, Alta Sacerdotisa dos serviços de Telepau e Disque-Boceta, não tivesse enviado uma mensagem urgente me chamando para o escritório.

Não faço a menor ideia por quê, quando você pensa na nota que essa mulher deve estar embolsando junto com os comparsas mafiosos, ela não arranja uma sede um pouco menos vagabunda do que um muquifo de dois cômodos em cima de uma loja de artigos pornô na 42nd Street. Claro, os clientes raramente vão até as dependências; o contato é todo por telefone. Então eu acho que ela pensa que não vale a pena ficar mimando a nós, pobres michês e putas. Me afogando, com a água da chuva prestes a jorrar dos meus ouvidos, subi empapado os dois lances de escadas rangentes e mais uma vez me deparei com a porta de vidro jateado e letras lascadas: The Self Service. Entre sem bater.

Quatro pessoas ocupavam a abafada salinha de espera. Sal, um italiano atarracado que usava uma aliança; era um dos guardas noturnos da srta. Self. E Andy, que estava em liberdade condicional depois de uma condenação por arrombamento; mas, se você olhasse depressa, ele passaria por um jovem universitário; como sempre, estava tocando uma harmônica. E lá estava Butch, o secretário loiro e lânguido da srta. Self que, agora que os últimos tons do bronzeado em Fire Island haviam desaparecido, se parecia mais do que nunca com Uriah Heep. Maggie estava lá, também – uma gorducha adorável: na última vez que nos vimos ela tinha recém casado, o que despertou a ira de Butch.

"E agora adivinhe o que aconteceu!", gritou Butch enquanto eu entrava. "Ela está grávida."

Maggie se defendeu: "Butch, por favor. Não entendo por que você está fazendo esse escândalo. Eu só fui descobrir ontem. Não vai atrapalhar em nada."

"Foi o que você disse quando sumiu e casou com esse vagabundo. Maggie, eu adoro você. Mas como você deixou uma coisa dessas acontecer?"

"Por favor, querido. Eu prometo. Não vai acontecer de novo."

Ainda não muito convencido, mas já um pouco mais, Butch remexeu alguns papéis em cima da mesa e se virou para Sal.

"Sal, espero que você não tenha esquecido do seu compromisso às cinco horas no hotel St. George. Quarto 907. O nome dele é Watson."

"O St. George! Meu Deus", resmungou Sal, que tinha o apelido de Ten Penny porque, de pau duro, conseguia alinhar dez moedas de um centavo no sentido do comprimento, "isso fica no Brooklyn. Preciso arrastar a minha bunda até o inferno do Brooklyn nessa chuva?"

"É um encontro de cinquenta dólares."

"Espero que não seja nada excêntrico. Não estou a fim de nenhuma esquisitice."

"Não é nenhuma esquisitice. Só uma simples chuva dourada. O cavalheiro está com sede."

"Nesse caso", disse Sal, indo em direção ao bebedouro no canto e pegando um copo plástico, "é melhor eu abastecer."

"Andy!"

"Sim senhor."

"Ponha essa porcaria de harmônica no bolso e não a tire mais de lá."

"Sim senhor."

"É só isso que vocês delinquentes fazem na cadeia? Ficam se tatuando e tocando harmônica?"

"Eu não tenho nenhuma tatuagem –"

"Não responda!"

"Sim senhor", disse Andy, num tom humilde.

Butch desviou a atenção para mim; em seu rosto eu pude ver uma dose extra de satisfação, insinuando que ele sabia alguma coisa a meu respeito. Em seguida ele apertou o botão da campainha em cima da mesa e disse: "Acho que a srta. Self está pronta para recebê-lo".

A srta. Self permaneceu alheia à minha chegada; estava parada na janela, de costas para mim, meditando sobre o temporal. Finas tranças grisalhas enrolavam-se por seu crânio diminuto; como sempre, o porte robusto se avolumava num *tailleur* de sarja azul. Ela estava fumando um charuto. Sua cabeça rodava. "Ah", disse ela com as últimas sobras de um sotaque alemão, "você está muito molhado. Isso não é nada bom. Você não tem uma capa de chuva?"

"Eu estava esperando que o Papai Noel me trouxesse uma de Natal."

"Isso não é nada bom", repetiu ela, indo em direção à escrivaninha. "Você tem tirado um bom dinheiro. Com certeza pode comprar uma capa de chuva. Aqui", disse ela, puxando de uma gaveta dois copos e uma garrafa de seu tranquilizante favorito, tequila. Enquanto ela servia as doses, mais uma vez me surpreendi com o rigor daquele cenário, mais destituído que a cela de um prisioneiro, sem nenhuma decoração afora a escrivaninha, algumas cadeiras de encosto reto, um calendário da Coca-Cola e uma parede tapada de fichários (como eu queria ter dado uma espiada lá dentro!). O único supérfluo à vista era o relógio Cartier de ouro que reluzia no pulso da srta. Self; destoava de todo o resto. Fiquei imaginando de onde ele teria vindo – talvez fosse presente de um dos clientes ricos e agradecidos?

"Saúde", disse ela, esvaziando o copo com um arrepio.

"Saúde."

"*Alors*", disse ela, tragando o charuto, "você deve lembrar da sua primeira entrevista. Quando você veio aqui se apresentar como interessado em trabalhar para o The Service. Por recomendação do sr. Woodrow Hamilton – que, lamento informar, não está mais conosco."

"Como?"

"Um desrespeito grave às regras da casa. Que é exatamente o que eu quero discutir com você." Ela apertou os olhos pálidos e teutônicos; senti a inquietude de um prisioneiro de guerra prestes a ser interrogado pelo Comandante do Campo. "Já expliquei as regras nos mínimos detalhes; mas, para refrescar a sua memória, vou relembrar as mais importantes. Primeiro, qualquer tentativa de chantagear ou constranger um cliente por parte dos nossos colaboradores é punida com um castigo *severo*."

Tive a visão de um cadáver estrangulado flutuando no rio Harlem.

"Segundo, em nenhuma circunstância os empregados devem negociar diretamente com o cliente; todos os contatos e negociações de preço devem ser feitos pela agência. Terceiro, e acima de tudo, os empregados não devem jamais criar laços sociais com os clientes: esse tipo de coisa não é uma boa ideia e pode resultar em situações bem desagradáveis."

A srta. Self apagou o charuto na tequila e tomou um gole generoso direto da garrafa. "No dia onze de setembro você teve um encontro com o sr. Appleton. Passou uma hora com ele no Yale Club. Aconteceu alguma coisa fora do comum?"

"Na verdade não. Ele só me fez um oral; não pediu nada em troca." Eu me detive, mas o jeito insatisfeito da srta. Self pedia mais explicações. "Ele tem uns sessenta e poucos anos, mas está bem conservado. Um cara legal. Amigável. Conversamos bastante; ele me disse que era aposentado e morava numa fazenda com a segunda esposa. Ele cria gado e –"

A srta. Self interrompeu, tomada de impaciência: "E ele deu cem dólares para você."

"Deu."

"Mais alguma coisa?"

Achei melhor não mentir. "Também me deu o cartão dele. Disse que se um dia eu quisesse respirar o ar puro do campo eu podia fazer uma visita."

"E onde está esse cartão?"

"Joguei fora. Perdi. Sei lá."

A srta. Self acendeu outro charuto e fumou até que uma grande ponta de cinza se desprendesse. Então ela pegou um envelope que estava em cima da mesa, tirou uma carta lá de dentro e a abriu diante de si. "Eu trabalho há mais de vinte anos nesse ramo, mas hoje de manhã recebi uma carta sem precedentes."

Como eu já disse, tenho o dom de ler de cabeça para baixo: quem depende da esperteza para viver acaba desenvolvendo esses talentos incomuns. Então, enquanto a srta. Self examinava a misteriosa comunicação, eu comecei a ler. A carta dizia: *Prezada srta. Self, Fiquei muito satisfeito com o amigável rapaz que a senhorita escolheu para o meu encontro no Yale Club dia 11 de setembro último. A tal ponto que eu gostaria de conhecê-lo melhor em uma atmosfera mais gemütlich. Gostaria de saber se a srta. poderia tomar as providências necessárias para que ele passasse o feriado de Ação de Graças em minha fazenda na Pensilvânia. De quinta-feira a domingo, digamos. Seria um simples encontro de família; eu, minha esposa, alguns dos meus filhos e alguns dos meus netos. Naturalmente, estou disposto a pagar a soma correspondente, e deixo a seu encargo o cálculo exato dos honorários. Espero que esta carta a encontre alegre e bem-disposta. Cordialmente, Roger W. Appleton.*

A srta. Self leu a carta em voz alta. "Me diga", disparou ela à queima-roupa, "o que você acha disso?" Como eu demorei a responder, ela disse: "Tem alguma coisa errada aqui. Alguma coisa suspeita. Além do mais, esse pedido vai contra uma das nossas regras principais: os empregados da agência não devem jamais criar laços sociais com os clientes. Essas regras não são arbitrárias. São baseadas na experiência." Franzindo a testa, ela percutiu uma unha em cima da carta. "O que você acha que esse homem tem em mente? Uma *partouze*? Com a esposa dele?"

Tomando cuidado para soar indiferente, eu disse: "Eu não vejo nada de mal nisso."

"Ah, então", acusou ela. "Você não tem nada contra essa proposta? É porque você *quer* ir."

"Bem, com toda honestidade, srta. Self, eu gostaria de mudar de ares por uns dias. Esse último ano foi muito difícil para mim."

Ela entornou mais uma dose do suco de cáctus; estremeceu. "Muito bem, vou escrever para o sr. Appleton e pedir quinhentos dólares pelo serviço. Talvez, por uma soma dessas, possamos deixar a regra de lado uma vez na vida. E com a sua parte dos lucros, prometa que você vai comprar uma capa de chuva."

Aces acenou para mim quando entrei no bar do Ritz. Eram seis horas e eu tive de me espremer entre as mesas abarrotadas para chegar até ele, pois no fim do dia o bar ficava cheio de esquiadores bronzeados voltando de uma temporada nos Alpes; e de prostitutas de luxo em companhia umas das outras, aguardando os olhares de empresários alemães e americanos; e de batalhões de críticos de moda e estilistas da Seventh Avenue reunidos em Paris para ver as coleções de verão; e, claro, de senhoras chiques com cabelo azul – sempre várias delas, senhoras idosas com residência fixa no hotel, sentadas no bar do Ritz para bebericar os dois martínis permitidos ("Meu médico insiste: é bom para a circulação") antes de se retirarem para o salão de jantar a fim de comer alguma coisa isoladas num ambiente decorado com bom gosto.

Eu mal tinha me sentado quando chamaram Aces para atender um telefonema. Eu tinha uma boa visão dele, pois o telefone fica no outro lado do bar; às vezes seus lábios se mexiam, mas a maior parte do tempo Aces parecia só escutar e acenar com a cabeça. Não que eu estivesse prestando muita atenção, porque as minhas ideias estavam no andar de cima olhando o cabelo de Kate McCloud, sua expressão sonhadora – um espetáculo tão envolvente que o retorno de Aces me fez dar um sobressalto.

"Era Kate", disse ele, parecendo satisfeito: um mangusto digerindo um rato. "Queria saber por que você foi embora sem se despedir."

"Ela estava dormindo."

Aces sempre traz fósforos no bolso da jaqueta, é uma das manias dele; então acendeu um com a unha do polegar e encostou a chama num cigarro. "Pode não parecer, mas Kate é uma jovem muito astuta – a intuição dela não costuma falhar. Ela gostou muito de você. Então", disse ele, sorrindo, "estou em posição de lhe fazer uma oferta concreta. Kate gostaria que você fosse o acompanhante dela. Você vai receber mil dólares por mês além de ter todas as despesas pagas, inclusive roupas e um carro só seu."

Eu disse: "Por que ela casou com Axel Jaeger?"

Aces piscou os olhos, como se essa fosse a última reação que ele esperasse. Ficou paralisado. Então: "Talvez uma pergunta mais interessante fosse – por que ele se casou com ela? E uma pergunta ainda mais interessante é – como Kate o conheceu? Você deve saber que Axel Jaeger é um homem muito esquivo. Eu nunca o encontrei pessoalmente, só vi fotografias de *paparazzi*: um sujeito alto com uma cicatriz de espada no rosto, magro, quase esquálido, beirando os sessenta anos. Nasceu em Düsseldorf e herdou uma fortuna em munições do avô, fortuna essa que foi transformada em cifras astronômicas. Ele tem fábricas por toda a Alemanha, por todo o mundo – é dono de petroleiros, de campos de petróleo no Texas e no Alasca, proprietário da maior fazenda de gado no Brasil, com mais de duzentos mil hectares, e de boa parte da Irlanda e da Suíça (todos os alemães ocidentais vêm comprando a Irlanda e a Suíça: eles acham que vão estar seguros lá se as bombas começarem a cair outra vez). Jaeger é sem dúvida o homem mais rico de toda a Alemanha – e talvez da Europa. Ele é alemão, mas tem um visto suíço de residência permanente; por razões fiscais, claro. Para ter direito ao visto ele é obrigado a passar seis meses por ano na Suíça, por bem ou por mal. Meu Deus, as torturas que os ricos enfrentam para economizar uns centavos. Ele mora num *château* colossal, de feiura também colossal, na encosta de uma montanha que fica cinco quilômetros ao norte de St. Moritz. Não conheço ninguém que tenha entrado lá. Afora Kate, claro.

"Pelo que eu sei ele foi e continua sendo um católico convicto. Foi por essa razão que ficou casado com a primeira esposa por 27 anos, até que a morte os separou. Mesmo que ela não tenha deixado nenhum herdeiro, o que parece ter sido o xis da questão, porque ele queria um filho, um menino, para dar continuidade à dinastia Jaeger. Sendo assim, por que ele não fez o óbvio e casou com uma menina alemã de boa criação e quadris largos, capaz de encher a casa num piscar de olhos? Uma beldade elegante e perspicaz como Kate não seria a escolha ideal para um homem austero como Herr Jaeger. E também parece improvável que Kate se visse atraída por um homem assim. Dinheiro? Isso não seria problema. Na verdade, depois que eu fiquei mais íntimo de Kate ela me disse que o primeiro casamento tinha sido um trauma tão grande que não pretendia casar nunca mais. Mesmo assim, passados alguns meses, e sem dar nenhuma bandeira, sem nem ao menos comentar que tinha conhecido esse lendário magnata, ela obteve a anulação papal do primeiro casamento e casou com Jaeger em uma cerimônia católica na Catedral de Düsseldorf. Um ano mais tarde o herdeiro tão esperado chegou. Heinrich Rheinhardt Jaeger. Heinie. E depois de mais um ano, um pouco menos de um ano, ela parece ter sido afastada do *château* Jaeger, com bagagem e tudo, deixando o garoto sob a guarda do pai – mas recebeu alguns privilégios especiais para fazer visitas."

"E você não sabe por quê?"

Aces acendeu um fósforo na unha e a seguir o apagou. "A separação, se é que se pode chamar assim, foi tão enigmática quanto o próprio casamento. Kate desapareceu por vários meses, e um médico conhecido me disse que ela tinha passado todo esse tempo enclausurada na clínica Nestlé em Lausanne. Mas em relação ao que aconteceu ela não me disse nada, e eu nunca tive coragem de perguntar. Acho que a única pessoa que conhece os detalhes é Corinne, a criada. E em relação à sra. Kate, Corinne é tão muda quanto os monumentos da Ilha da Páscoa."

"Muito bem. Mas por que eles não se divorciam?"

"Acho que é por causa da neura católica. Jaeger nunca aceitaria o divórcio."

"Mas pelo amor de Deus, ela poderia se divorciar dele, não?"

"Se ela pretende continuar vendo Heinie, não. Seria como fechar a porta para sempre."

"Que filho da puta. Dá vontade de enfiar uma espingarda no cu dele e puxar o gatilho. Desgraçado. Mas você falou no perigo. Eu não entendo qual o motivo para tanto medo."

"Kate entende. Eu também. E não é nenhuma fantasia paranoica que envolva agentes contratados por Jaeger no encalço de Kate ou em busca de informações sobre onde ela vai ou o que ela faz. Se ela troca um absorvente, pode estar certo de que o *Grand Seigneur* vai ficar sabendo. Escute", disse ele, estalando os dedos para um garçom, "vamos tomar alguma coisa. Já é tarde demais para os daiquiris. Que tal um scotch-soda?"

"Para mim qualquer coisa serve."

"Garçom, dois scotch-soda. Mas me diga, quanto à proposta que eu fiz – você acha que as condições são boas ou gostaria de uns dias para pensar?"

"Não preciso pensar. Eu já decidi."

As bebidas chegaram e Aces ergueu o copo. "Então vamos brindar à sua decisão, seja ela qual for. Mas eu espero que você aceite."

"Eu aceito."

Ele relaxou. "Você veio em boa hora, P. B. Tenho certeza de que não vai se arrepender." Poucas profecias estiveram mais longe da verdade.

"Sim, eu aceito. Mas. Se Jaeger não quer o divórcio, então o *que* ele quer?"

"Eu tenho uma teoria. É só uma teoria, mas eu apostaria todas as minhas fichas nela. Acho que ele pretende matar Kate." Aces fez o gelo tilintar no copo. "Afinal o catolicismo proíbe o divórcio, e enquanto Kate estiver viva ela representa uma ameaça para Jaeger – para ele e para a guarda do filho. Então ele tem planos de matá-la. De planejar um assassinato que pareça um acidente."

"Aces. Ah, sério. Você é louco. Ou você é louco. Ou então ele."

"Em relação a isso eu realmente acho que ele é louco. Opa", disse ele, "acabo de reparar numa coisa. Onde foi parar a sua cadelinha?"

"Deixei com a dama no andar de cima."

"Ora, quem diria! Vejo que você ficou bastante impressionado."

Fui caminhando desde os corredores espectro-proustianos do Ritz até os corredores decrépitos cheios de ratoeiras no meu hotel perto da Gare du Nord. A minha alegria deixou a jornada mais agradável – até que enfim eu não era um expatriado sem dinheiro, um perdedor sem rumo; eu era um homem com uma missão na vida, um *dever*; e, como um escoteiro-mirim prestes a começar a primeira trilha noturna, meus pensamentos fervilhavam de antecipação. Roupas; eu precisaria de camisas, sapatos e de uns ternos novos, porque nenhuma peça do meu guarda-roupa resistiria a um escrutínio à luz do sol. E de uma arma; no dia seguinte eu compraria um .38 e começaria a treinar num estande de tiro. Eu caminhava depressa, não só por causa do frio nebuloso e úmido que vinha do Sena, tão típico de Paris, mas porque eu esperava que o exercício me deixasse exausto para eu poder cair na cama e dormir sem nem ao menos sonhar assim que encostasse a cabeça no travesseiro. Foi o que aconteceu.

Só que eu sonhei. Até entendo por que os analistas cobram caro, afinal o que pode ser mais tedioso do que ficar escutando os outros contarem os sonhos? Mas eu vou arriscar deixar você entediado com o sonho que sonhei naquela noite, porque mais tarde praticamente todos os detalhes acabaram se concretizando. O começo do sonho era parado, uma cena à beira-mar como as pinturas de Boudin na virada do século. Figuras imóveis em uma praia enorme com o mar cristalino ao fundo. Um homem, uma mulher, um cachorro, um garotinho. A mulher trajava um vestido de tafetá que descia até o tornozelo – a brisa marítima parecia brincar com a barra; e ela tinha um guarda-sol verde. O homem usava um chapéu de palha; o garotinho estava com uma roupa de marinheiro. Depois a imagem entrou em foco e eu reconheci a mulher debaixo do guarda-sol – era Kate McCloud. E o homem, que logo deu a mão para ela, era eu mesmo. De repente o garoto com a roupa de marinheiro pegou um graveto e atirou-o nas ondas; o cachorro correu atrás para buscar e voltou correndo, se sacudindo e fazendo o ar brilhar com cristais de água do mar.

III

La Côte Basque

Num bar de caubóis em Roswell, Novo México:
...Primeiro caubói: E aí, Jed! Como é que vai a vida? Como é que vão as coisas?

Segundo caubói: Bem! Muito bem. Tão bem que hoje de manhã eu nem precisei bater punheta para dar a partida no meu coração.

"*Carissimo!*", gritou ela. "Você é exatamente o que eu estou precisando. Alguém para almoçar comigo. A duquesa me deu o cano."

"A preta ou a branca?", eu disse.

"A branca", disse ela, mudando o meu rumo na calçada.

A branca é Wallis Windsor, enquanto duquesa Negra é como chamam Perla Apfeldorf, a esposa brasileira de um empresário de diamantes sul-africano notoriamente racista. Quanto à dama que também conhecia essa distinção, era uma legítima lady – Lady Ina Coolbirth, uma americana casada com um magnata inglês do ramo de produtos químicos e um mulherão em vários outros aspectos. Alta, mais alta do que a maioria dos homens, Ina era uma figura alegre e espirituosa, nascida e criada num rancho em Montana

"É a segunda vez que ela não aparece", continuou Ina Coolbirth. "Diz que está com urticária. Ou que o duque está com urticária. Um dos dois. De qualquer jeito, ainda tenho uma mesa no Côte Basque. Vamos lá? Eu preciso muito de alguém para conversar. E graças a Deus, Jonesy, pode ser você."

O Côte Basque fica na East Fifty-fifth Street, bem na frente do St. Regis. Lá ficava o Le Pavillon original, fundado em 1940 pelo grande Henri Soulé. M. Soulé saiu de lá por causa de uma rixa com o senhorio, o falecido presidente da Columbia Pictures, um marginal de Hollywood chamado Harry Cohn (que, ao descobrir que Sammy Davis Jr. estava "namorando" sua estrela loira Kim Novak, pediu para um matador de aluguel ligar para David e dizer: "Escute, Sambo, você já tem um olho a menos. Que tal ficar sem nenhum?" No dia seguinte Davis casou com uma dançarina de Las Vegas – preta). Assim como o Côte Basque, o Pavillon original tinha um pequena área de entrada, um bar à esquerda e, ao fundo, depois de uma arcada, um enorme salão de jantar em pelúcia vermelha. O bar e o salão principal formavam umas Hébridas Exteriores, uma Elba onde Soulé exilava os frequentadores de segunda categoria. Os clientes especiais, selecionados pelo proprietário com *snobbisme* infalível, ficavam na área de entrada, mobiliada com diversas banquetas – um procedimento comum a todos os restaurantes chiques de Nova York: Lafayette, The Colony, La Grenouille, La Caravelle. Essas mesas próximas da porta ficam mais sujeitas às correntes de ar e oferecem menos privacidade, mas estar ou não sentado numa delas é o momento da verdade para os cidadãos sensíveis ao status. Harry Cohn nunca conseguiu a façanha no Pavillon. Pouco importava que ele fosse um dos bambambãs de Hollywood ou mesmo o senhorio de Soulé. Soulé via Cohn como o lacaio almofadinha que ele era, e assim o acompanhava até uma mesa nas regiões polares do salão dos fundos. Cohn amaldiçoava, bufava, soltava fumaça pelas ventas e se vingava aumentando cada vez mais o aluguel do restaurante. Então Soulé simplesmente se mudou para um ponto mais elegante na Ritz Tower. Porém, enquanto Soulé ainda estava por lá, Harry Cohn esfriou (Jerry Wald, quando perguntaram o que ele estava fazendo no funeral, respondeu: "Só conferindo se o desgraçado morreu mesmo"), e Soulé, saudoso do velho local de encontro, voltou a alugar o antigo endereço e começou um segundo negócio, uma espécie de versão butique do Le Pavillon: La Côte Basque.

Lady Ina, claro, foi acomodada em um lugar impecável – a quarta mesa à esquerda de quem entra. Foi acompanhada até a mesa por ninguém menos que M. Soulé, ansioso como sempre, rosado e brilhante como um porco de marzipã.

"Lady Coolbirth...", balbuciou ele, com o olhar perfeccionista rodando o ambiente à procura de rosas murchas e garçons desastrados. "Lady Coolbirth... umn... muito bem... umn... e Lord Coolbirth? ...umn... hoje estamos servindo um lombo de cordeiro delicioso no carrinho..."

Ela me consultou, um olhar de relance, e disse: "Acho que não vamos querer nada do carrinho. A comida chega rápido demais. Vamos querer um prato que demore uma eternidade. Assim ganhamos tempo para nos embebedar e fazer arruaça. Um suflê Fürstenberg, por exemplo. O que o senhor acha, Monsieur Soulé?"

Ele estalou a língua – por dois motivos: não gosta que os clientes anestesiem as papilas gustativas com álcool e, além do mais: "O Fürstenberg é um grande aborrecimento. Uma confusão."

Mas delicioso, apesar de tudo: uma espuma de queijo e espinafre onde se afundam estrategicamente vários tipos de ovos *pochés*, de modo que, ao toque do garfo, o suflê se umedece com rios dourados de gema.

"Uma confusão", disse Ina, "é justamente o que eu preciso"; e o proprietário, passando um lenço na testa ensopada de suor, concordou.

Então ela renunciou aos coquetéis, dizendo: "Por que não bebemos algo mais decente?" Ao *sommelier* ela pediu uma garrafa de Roederer's Cristal. Mesmo para quem não gosta de champanhe, como eu, é impossível recusar duas marcas: a Dom Pérignon e a Cristal, engarrafada num recipiente de vidro incolor que deixa à mostra seu brilho pálido, um fogo gélido de tamanha secura que, ao ser engolido, não dá a menor impressão de ter sido engolido, mas de ter se transformado em vapor na língua e queimado na boca até se transformar em cinzas doces e úmidas.

"Mas claro", disse Ina, "o champanhe tem uma grande desvantagem: se você bebe com muita frequência, seu estômago fica ácido, e o resultado é um mau hálito permanente. Incurável. Que ele não me ouça, mas você lembra do hálito de Arturo? E Cole adorava champanhe. Ah, eu sinto muita saudade de Cole, mesmo todo esclerosado como ele estava nos últimos anos. Já contei para você a história de Cole e do *sommelier* michê? Não consigo lembrar direito onde ele trabalhava. Ele era italiano, então não pode ter sido aqui nem no Pav. No The Colony? É estranho: eu me lembro muito bem dele – um moreno bonito, esbelto, de cabelo oleado e rosto sexy – mas não lembro de *onde* estávamos. Ele era do sul da Itália, então o apelidaram de Dixie, e Teddie Whitestone acabou grávida dele – e o próprio Bill Whitestone cuidou do aborto, achando que era obra sua. E talvez fosse – num outro contexto –, mas eu ainda acho de muito mau gosto, contrário à natureza, por assim dizer, que um médico faça o aborto da própria esposa. Teddie Whitestone não estava sozinha; tinha uma fila de garotas subornando Dixie com cartas de amor. A abordagem de Cole foi criativa: convidou Dixie para ir até o apartamento dele com o pretexto de pedir conselhos sobre a instalação de uma nova adega – Cole, que sabia mais sobre vinhos do que aquele carcamano jamais tinha sonhado! Os dois estavam sentados no sofá – o lindo sofá de camurça que Billy Baldwin tinha feito para Cole –, tudo muito informal, quando Cole beijou o rosto do sujeito, e Dixie sorriu e disse: 'Isso vai custar quinhentos dólares, sr. Porter'. Cole riu e apertou a perna de Dixie. 'Isso vai custar mil dólares, sr. Porter.' Então Cole percebeu que o *pizzaiolo* estava falando sério; e abriu o zíper dele, tirou tudo para fora, balançou e disse: 'E quanto custa o serviço completo?' Dixie disse que seriam dois mil dólares. Cole foi direto até a escrivaninha, preencheu um cheque e o entregou para Dixie. E disse: 'A srta. Otis pediu desculpas por não poder vir almoçar hoje. Agora saia'."

Estavam servindo o Cristal. Ina deu o primeiro gole. "Não está gelado o bastante. Mas ahhh!" Ela deu mais um gole. "Sinto saudades de Cole. E de Howard Sturgis. Até de Papai; afinal, ele escreveu sobre mim em *As verdes colinas de África*. E do tio Willie. Semana passada em Londres eu fui a uma festa na casa de Drue Heinz e a princesa Margaret ficou me alugando. A mãe dela é um amor, mas o resto da família! – apesar que o príncipe Charles não é de se jogar fora. Mas em geral os nobres acham que só existem três categorias de pessoas: as pretas, as brancas e os nobres. Ah, eu estava quase cochilando de tédio quando de repente ela anunciou, a troco de nada, que não gostava de 'bichas'! Um comentário inusitado, vindo da nobreza. Lembra da piada sobre quem pegou o primeiro marujo? Mas eu só baixei os olhos, *très* Jane Austen, e disse: 'Nesse caso, madame, creio que a senhora vai ter uma velhice muito solitária'. A cara que ela fez! – achei que eu seria transformada em abóbora."

A voz de Ina tinha um fio cortante e um ritmo incomuns, como se ela estivesse avançando de qualquer jeito para não ter de me contar o que queria, mas não queria, me contar. Meus olhos e ouvidos estavam perdidos em outro lugar. As ocupantes de uma mesa posta na diagonal da nossa eram duas pessoas que eu tinha conhecido em Southampton no verão anterior, ainda que o encontro não tivesse sido importante a ponto de eu esperar que elas me reconhecessem – Gloria Vanderbilt de Cicco Stokowski Lumet Cooper e sua amiga de infância Carol Marcus Saroyan Saroyan (ela se casou *duas vezes* com ele) Matthau: mulheres à beira dos quarenta anos, mas que não tinham mudado muito desde a época de debutante, quando ficavam tentando a sorte no Stork Club.

"Mas o que você vai dizer para alguém que perdeu um bom amante, pesa noventa quilos e está no meio de um colapso nervoso?", perguntou a sra. Matthau à sra. Cooper. "Acho que ela não sai da cama há mais de um mês. Nem troca os lençóis. 'Maureen' – foi isso o que eu disse para ela – 'Maureen, eu já estive muito pior do que você. Teve uma época em que eu saía roubando os tranquilizantes dos outros para dar cabo da minha vida. Eu estava devendo até o pescoço, cada centavo que eu conseguia era emprestado...'"

"Mas *querida*", protestou a sra. Cooper, gaguejando de leve, "*por que* você não me procurou?"

"Porque você é rica. É muito mais fácil conseguir dinheiro emprestado dos pobres."

"Mas *querida*..."

A sra. Matthau prosseguiu. "Então eu disse: 'Maureen, sabe o que eu fiz? Quebrada do jeito que eu estava, saí e arrumei uma criada *particular*. Minha fortuna aumentou, minha aparência mudou da água para o vinho e eu comecei a me sentir amada e mimada. Então se eu fosse você, Maureen, eu passaria num penhor e depois contrataria uma criada bem cara para cuidar do meu banho e arrumar a minha cama.' Aliás, você foi na festa dos Logan?"

"Fiquei lá por uma hora."

"Como estava?"

"Ótima. Para quem nunca tinha ido a uma festa."

"Eu queria ir. Mas você sabe como Walter é. Nunca imaginei que eu fosse casar com um ator. Bem, *casar* talvez. Mas não por amor. E apesar do tempo que estou com Walter ainda fico toda azeda se ele olha para o lado. Você já viu essa vagabunda sueca que apareceu, Karen não sei o quê?"

"Não foi ela que fez um filme de espionagem?"

"Essa mesma. Um rosto lindo. Ela é divina dos peitos para cima. Mas as pernas parecem umas sequoias. Igual a dois troncos de árvore. Mas, enfim, nós a encontramos na casa dos Widmark e ela ficou olhando para os lados e fazendo mil barulhinhos que deixaram Walter encantado, e eu aturei o mais que pude, mas quando Walter perguntou 'Quantos anos você tem, Karen?' eu disse 'Pelo amor de Deus, Walter, por que você não corta as pernas dela e conta os anéis?'"

"Carol! Não pode ser."

"Ah, você sabe que eu sou capaz."

"E ela escutou?"

"Não teria muita graça se ela não escutasse."

A sra. Matthau tirou um pente da bolsa e começou a ajeitar o cabelo albino: mais uma lembrança das noites de debutante em plena Segunda Guerra Mundial – uma época em que ela e todas as suas *compères*, Gloria e Honeychile e Oona e Jinx, se atiravam no estofamento do El Morocco mexendo sem parar nos cachos à moda Veronica Lake.

"Eu recebi uma carta de Oona hoje de manhã", disse a sra. Matthau.

"Eu também", disse a sra. Cooper.

"Então você sabe que eles estão esperando outro bebê."

"Ah, eu já imaginava. Eu sempre imagino."

"Aquele Charlie é muito sortudo, o desgraçado", disse a sra. Matthau.

"Mas claro, Oona seria uma esposa incrível para qualquer homem."

"Besteira. Só os gênios se aproximam de Oona. Antes de conhecer Charlie, ela queria casar com Orson Welles... e ela não tinha nem dezessete anos. Foi Orson quem a apresentou a Charlie; ele disse: 'Eu conheço o cara certo para você. Ele é rico, genial e não tem nada que ele goste mais do que uma filha obediente'."

A sra. Cooper ficou pensativa. "Se Oona não tivesse casado com Charlie, acho que eu não teria casado com Leopold."

"E se Oona não tivesse casado com Charlie, e você não tivesse casado com Leopold, eu não teria casado com Bill Saroyan. Duas vezes, ainda por cima."

As duas mulheres riram juntas; as risadas eram como um dueto implacável, mas ainda assim melodioso. Ainda que as duas não fossem parecidas – a sra. Matthau era mais loira do que Harlow e branca como uma gardênia, enquanto a outra tinha olhos caramelo e covinhas de um brilho escuro muito pronunciado quando os lábios negroides faiscavam sorrisos –, davam a impressão de parecerem almas gêmeas: aventureiras de uma incompetência encantadora.

A sra. Matthau disse: "Lembra daquele negócio do Salinger?"

"Salinger?"

"*Um dia ideal para os peixes-banana*. Esse Salinger."

"*Franny e Zooey*."

"Umn huh. Você não lembra?"

A sra. Cooper refletiu, fez beicinho; não, ela não lembrava.

"Foi quando ainda estávamos em Brearley", disse a sra. Matthau. "Antes de Oona e Orson se conhecerem. Ela tinha um namorado misterioso, um garoto judeu com uma mãe que morava na Park Avenue, Jerry Salinger.

Ele queria ser escritor e mandava cartas de dez páginas para Oona enquanto viajava pelo estrangeiro durante o serviço militar. Umas cartas de amor ensaísticas, muito ternas, mais ternas do que Deus. Ou seja, um pouco ternas demais. Oona costumava ler as cartas para mim e, quando ela perguntava a minha opinião, eu dizia que ele devia ser o tipo de garoto que chora por qualquer coisa; mas o que ela queria saber era se eu achava que ele era brilhante e talentoso ou simplesmente ingênuo, e eu disse os dois, ele é as duas coisas, e anos mais tarde quando eu li *O apanhador no campo de centeio* e me dei conta de que o autor era o Jerry de Oona eu senti que a minha opinião ainda era a mesma."

"Eu nunca ouvi nenhuma história estranha sobre Salinger", confessou a sra. Cooper.

"Eu nunca ouvi nada sobre ele que não fosse estranho. Salinger não é como os outros garotos judeus normais da Park Avenue."

"Ah, na verdade a história não é sobre *ele*, mas sobre um amigo dele que foi fazer uma visita em New Hampshire. Salinger mora lá, não mora? Numa fazenda isolada? Enfim, era fevereiro e estava um frio de rachar. Um dia pela manhã o amigo de Salinger desapareceu. Ele não estava no quarto nem nos outros cômodos da casa. No fim o encontraram no meio de um bosque nevado. Ele estava deitado na neve, enrolado num cobertor e com uma garrafa de uísque vazia na mão. Tinha se matado bebendo o uísque até dormir e morrer congelado."

Depois de um tempo a sra. Matthau disse: "É uma história *bem* estranha. Mas deve ter sido aconchegante – aquecido pelo uísque, se apagar no ar frio e estrelado... Mas por que ele fez isso?"

"Só sei o que eu contei para você", disse a sra. Cooper.

Um cliente de saída – um moreno meio careca, todo arrumadinho – parou junto à mesa delas. Fixou na sra.

Cooper um olhar intrigado, satisfeito e... um pouco soturno. Ele disse: "Oi, Gloria"; e ela sorriu. "Oi, querido"; mas as pálpebras tremiam enquanto ela tentava identificar o homem; e então ele disse: "Oi, Carol. Como é que você está, boneca?", e nesse instante ela soube quem era: "Oi, querido. Você ainda está morando na Espanha?" Ele acenou com a cabeça; o olhar se voltou mais uma vez para a sra. Cooper: "Gloria, você está linda como sempre. Aliás, mais linda. Até a próxima..." Ele acenou e foi embora.

A sra. Cooper ficou olhando enquanto ele saía, com um expressão desgostosa.

Por fim a sra. Matthau disse: "Você não o reconheceu?"

"N-n-não."

"Ah, a vida. A vida. Sério, é muito triste. Você não notou nada sequer familiar?"

"Muito tempo atrás. Alguma coisa. Um sonho."

"Não foi sonho."

"Carol. Pare com isso. Quem é ele?"

"Numa época você o tinha na mais alta conta. Preparava as refeições dele, lavava as meias" – os olhos da sra. Cooper se arregalaram, ficaram inquietos – "e quando ele estava no exército você ia com ele de um acampamento ao outro, morando em sórdidos quartinhos mobiliados –"

"Não!"

"Sim!"

"Não."

"Sim, Gloria. Seu primeiro marido."

"Aquele... homem... era... Pat di Cicco?"

"Ah, querida. Não fique triste. Afinal, vocês passaram quase vinte anos sem se ver. Você era uma menina. Aquela ali não é Jackie Kennedy?", disse a sra. Matthau, desviando a atenção.

E também escutei a opinião de Lady Ina sobre o assunto: "Estou quase cega com esses óculos, mas aquela mulher entrando não é a sra. Kennedy? Junto com a irmã?"

Era; eu conhecia a irmã porque ela tinha sido colega de Kate McCloud e quando eu e Kate estávamos no iate de Abner Dustin na Feira de Sevilha ela almoçou conosco, e depois fomos esquiar juntos, e muitas vezes eu fiquei pensando em como ela era perfeita, uma garota de pele morena num maiô branco, os esquis brancos sibilando, os cabelos castanhos se agitando enquanto ela subia e descia com as ondas. Então foi bom quando ela parou para cumprimentar Lady Ina ("Sabia que eu vim de Londres no mesmo avião que você? Mas você estava dormindo tão aconchegada que eu não tive coragem de falar nada") e, ao me ver, lembrou de mim: "Ora, Jonesy! Olá", disse ela, com uma rouquidão murmurante na voz que fazia seu corpo estremecer de leve. "Como estão as queimaduras do sol? Eu avisei, mas você não me deu ouvidos." A risada se dissipou enquanto ela se acomodava numa banqueta ao lado da irmã, as cabeças das duas se inclinando uma em direção à outra como em uma conspiração bouvieresca. Era intrigante ver o quanto elas eram parecidas sem ter nenhum traço em comum além das vozes iguais, dos olhos bem separados e de alguns gestos, em especial o hábito de olhar fundo nos olhos do interlocutor enquanto meneavam a cabeça sem parar em uma profunda solidariedade solene.

Lady Ina comentou: "Dá para ver que aquelas duas aprontaram um bocado. Sei que muita gente não aguenta ver as duas nem pintadas, em geral mulheres, e entendo perfeitamente, porque elas não gostam de mulheres e quase nunca têm nada de bom a dizer sobre *mulher alguma*. Mas elas são ótimas para os homens, um par de gueixas ocidentais; sabem guardar segredos e fazer com que eles se sintam importantes. Se eu fosse homem eu seria apaixonada por Lee. Ela é linda, parece uma estátua de Tanagra; feminina sem ser afeminada; uma das raras pessoas que consegue ser ao mesmo tempo sincera e agradável – em geral uma coisa impede a outra. Jackie – não, nem de longe. Muito fotogênica, é claro; mas o efeito é um pouco... rústico, exagerado."

Lembrei de uma noite em que eu fui com Kate McCloud e mais um pessoal para um concurso de drag queens em um salão no Harlem: centenas de jovens drag queens requebravam em vestidos costurados à mão, embaladas pelo groove dos saxofones: caixas de supermercado do Brooklyn, office boys de Wall Street, ajudantes de cozinha pretos e garçons porto-riquenhos à deriva na seda e na fantasia, dançarinos e caixas de banco e ascensoristas irlandeses vestidos de Marilyn Monroe, Audrey Hepburn, Jackie Kennedy. Na verdade, a sra. Kennedy era a inspiração mais popular; uma dúzia de garotos, inclusive o vencedor, estavam usando aquele penteado alto, as sobrancelhas arqueadas, os lábios birrentos com maquiagem pálida. E, na vida, foi assim que a vi – não como uma mulher legítima, mas como um talentoso intérprete de mulheres imitando a sra. Kennedy.

Expliquei o que eu estava pensando para Ina, e ela disse: "Foi isso o que eu quis dizer com... exagerado". Então: "Você conhece Rosita Winston? Uma mulher agradável. Acho que ela é meio Cherokee. Ela teve um derrame anos atrás e perdeu a fala. Na verdade, tem uma palavra que ela ainda consegue dizer. É comum acontecer isso depois de um derrame; a pessoa guarda uma única palavra de todas as que sabia. A palavra dela é 'bonito'. Uma ótima palavra, porque Rosita sempre gostou de tudo o que é bonito. Lembrei disso por causa do velho Joe Kennedy. Ele também guardou só uma palavra. E a palavra dele é: 'Putaquepariu!'" Ina gesticulou para que o garçom servisse mais champanhe. "Eu já contei da vez que ele me abusou? Eu tinha dezoito anos e estava hospedada na casa dele como amiga da filha, Kek..."

Mais uma vez meu olhar varreu o comprimento do salão, pegando, *en passant*, um michê de sutiã da Seventh Avenue tentando dar o golpe num editor enrustido do *The New York Times*; e Diana Vreeland, a editora da *Vogue*, com o cabelo engomado, iridescente como as penas de um pavão, dividindo a mesa com um senhor que oferecia um objeto precioso de uma leve *extravagance*, talvez uma pérola cinza – Mainbocher; e a esposa de William S. Paley almoçando com a irmã, esposa de John Hay Whitney. Perto delas havia uma dupla que eu não conhecia: uma mulher de quarenta, 45 anos – não era bonita, mas estava muito elegante no *tailleur* Balenciaga marrom com um camafeu de diamantes cor de canela. Seu companheiro era muito mais jovem, vinte, 22 anos, uma vigorosa estátua bronzeada que parecia ter passado o verão navegando sozinho pelo Atlântico. Filho? Não, porque... ele acendeu um cigarro, passou-o para a mulher e os dedos deles se tocaram; então os dois ficaram de mãos dadas.

"...aquele velho asqueroso entrou no meu quarto. Eram umas seis da manhã, a hora ideal para você pegar alguém dormindo mesmo, totalmente de surpresa, e quando eu acordei ele já estava entre os lençóis com uma mão tapando a minha boca e a outra me alisando toda. A cara de pau do desgraçado – em casa, com toda a família dormindo ao redor! Mas os homens da família Kennedy são todos iguais; como cachorros que precisam fazer xixi em todos os hidrantes. Mesmo assim, precisei dar um certo desconto, e quando ele viu que eu não ia gritar ele ficou *tão* agradecido..."

Mas eles não estavam conversando, a mulher mais velha e o jovem marujo; estavam de mãos dadas, e então ela sorriu e logo ele sorriu também.

"Depois – dá para imaginar? – ele fingiu que nada tinha acontecido, nunca deu nenhuma piscadela, nenhum aceno de cabeça, só o bom e velho papai da minha amiga de escola. Foi absurdo e muito cruel; afinal de contas ele tinha ido para a cama comigo e eu cheguei a fingir que estava gostando: eu esperava algum tipo de reconhecimento sentimental, uma bijuteria, uma caixa de cigarros..." Ina percebeu meu outro foco de interesse, e o olhar dela se desviou até o improvável casal de amantes. Ela disse: "Você sabe da história?"

"Não", eu disse. "Mas imagino que deva ser boa."

"Não é nada do que você está pensando. O tio Willie poderia ter feito maravilhas com ela. Henry James também – melhor do que o tio Willie, porque o tio Willie teria trapaceado e, por causa da vendagem do filme, teria mostrado Delphine e Bobby como um casal de amantes."

Delphine Austin, de Detroit; eu já tinha lido a respeito dela nas colunas sociais – uma herdeira casada com um pilar de mármore da sociedade clubística nova-iorquina. Bobby, seu companheiro, era judeu, filho do magnata hoteleiro S. L. L. Semenenko e primeiro marido de uma atriz bonitinha e louca que pediu o divórcio para casar com o pai dele (que por sua vez também pediu o divórcio quando a pegou no flagra com um pastor... um pastor alemão. O cachorro. Não é brincadeira).

Segundo Lady Ina, Delphine Austin e Bobby Semenenko tinham passado todo o ano anterior grudados, almoçando juntos todo dia no Côte Basque e no Lutèce e no L'Aiglon, viajando juntos para Gstaad e Lyford Cay no inverno, esquiando, nadando, aproveitando a vida ao máximo, já que o relacionamento não se limitava às frivolidades de junho e janeiro mas era na verdade o mote de uma variação concentrada, com ainda mais lenços e lágrimas, sobre os velhos dramalhões com Bette Davis ao estilo de *Vitória amarga*: os dois estavam morrendo de leucemia.

"Quer dizer, uma mulher comum e um lindo jovem que viajam juntos tendo a morte por amante e companheira.

Você não acha que Henry James teria se inspirado nisso para escrever alguma coisa? Ou o tio Willie?"

"Não. É brega demais para James e não chega a ser brega o suficiente para Maugham."

"Ah, mas você tem que admitir que a sra. Hopkins teria escrito um belo conto."

"Quem?", perguntei.

"Aquela ali", disse Ina Coolbirth.

Aquela sra. Hopkins. Uma ruiva vestida de preto; chapéu preto com véu, um *tailleur* Mainbocher preto, bolsa de crocodilo preta e sapatos de crocodilo. M. Soulé ficou de orelha em pé enquanto ela cochichava alguma coisa para ele; logo todos estavam cochichando. A sra. Kennedy e a irmã não tinham despertado um sussurro sequer, nem tampouco a chegada de Lauren Bacall e Katharine Cornell e Clare Boothe Luce. A sra. Hopkins, no entanto, era *une autre chose*: uma comoção suficiente para inquietar até o mais sofisticado cliente do Côte Basque. Não havia nada de discreto na atenção que lhe foi dedicada enquanto ela caminhou de cabeça baixa até uma mesa onde alguém já estava à sua espera – um padre católico, um daqueles clérigos eruditos, desnutridos, estilo Father D'Arcy que sempre parecem mais à vontade longe do claustro, confraternizando com os muito ricos e os muito famosos numa estratosfera de vinho e rosas.

"Só Ann Hopkins pensaria numa coisa dessas", disse Lady Ina. "Anunciar a sua busca por 'conselhos' espirituais da maneira mais pública imaginável. Uma vez pobre, sempre pobre."

"Você acha que não foi um acidente?", perguntei.

"Saia das trincheiras, meu garoto. A guerra acabou. Claro que não foi acidente nenhum. A morte de David foi premeditada. Ela é uma assassina. A polícia sabe."

"Mas então como foi que ela se safou?"

"Porque a família quis. A família de David. E, como tudo aconteceu em Newport, a velha sra. Hopkins tinha como dar a volta por cima. Você conhece a mãe de David? Hilda Hopkins?"

"Eu a vi no verão passado em Southampton. Ela estava comprando um par de tênis. Fiquei pensando o que uma mulher com a idade dela, uns oitenta anos, podia querer com um par de tênis. Ela parecia... uma deusa antiga."

"Ela é. É por isso que Ann Hopkins se safou mesmo sendo uma assassina a sangue-frio. A sogra dela é a deusa de Rhode Island. E uma santa, também."

Ann Hopkins levantou o véu e agora estava sussurrando alguma coisa para o padre, que, hipnotizado, roçava um Gibson nos lábios azuis esfomeados.

"Mas *poderia* ter sido um acidente. Se você levar em conta o que saiu nos jornais. Parece que eles recém tinham voltado de um jantar em Watch Hill e cada um foi para a cama num quarto diferente. Lembra de uma suposta série de arrombamentos por aquelas bandas? – e ela tinha uma espingarda ao lado da cama e, de repente, a porta do quarto se abriu no escuro e ela pegou a espingarda e atirou no que imaginava ser um arrombador. Só que era o marido. David Hopkins. Com um rombo na cabeça."

"Essa é a versão dela. A versão do advogado dela. A versão da polícia. E até dos jornais... até do *Times*. Mas não foi o que aconteceu." E Ina, tomando ar como um mergulhador, começou: "Era uma vez uma vistosa assassina ruiva recém-chegada na cidade, vinda de Wheeling ou de Logan – de algum lugar na Virgínia Ocidental. Ela era uma garota de dezoito anos que tinha crescido meio aos trancos e barrancos no interior e já tinha casado e divorciado; ao menos *dizia* que por um ou dois meses tinha sido esposa de um fuzileiro naval e que pediu o divórcio quando ele desapareceu (preste bem atenção: essa é uma pista importante). Ela se chamava Ann Cutler e parecia uma Betty Grable mais maliciosa. Trabalhava como garota de programa para um cafetão que era chefe dos carregadores no Waldorf; guardou dinheiro e foi tomar aulas de canto e dança e acabou virando a garota preferida de um dos chicaneiros de Frankie Costello, e os dois sempre iam juntos ao El Morocco. Foi durante a guerra – em 1943 –, e o Elmer's estava sempre cheio de gângsteres e bandas militares. Mas uma noite um simples fuzileiro naval apareceu por lá; só que ele não tinha nada de simples: era filho de um dos homens mais conservadores do Leste – e um dos mais ricos. David é simpático e bonito, mas no fundo é igual ao velho sr. Hopkins – um episcopaliano de orientação anal. Pão-duro. Pé-no-chão. Avesso ao mundo dos ricos. Mas lá estava ele no Elmer's, um soldado em licença, cheio de tesão e um pouco chapado. Um dos capangas de Winchell estava lá e reconheceu o jovem Hopkins; pagou um drinque para ele e disse que podia arranjar um esquema com qualquer garota do bar, era só escolher, e David, pobre desgraçado, disse que queria a ruiva de nariz achatado e peitão. Então o capanga de Winchell mandou um bilhete para ela e, ao anoitecer, o pequeno David estava se retorcendo na pegada de uma Cleópatra experiente.

"Tenho certeza que, sem contar as mãos bobas e as esfregações com colegas de quarto na época da escola preparatória, essa foi a primeira experiência de David. Ele ficou doido, mas verdade seja dita: conheço vários srs. Bola Fria que também teriam ficado doidos com Ann Hopkins. Ela foi esperta com David; sabia que tinha fisgado um grandão, mesmo que ele ainda fosse um garoto, e então largou o que estava fazendo e começou a trabalhar no setor de lingerie da Saks; nunca pôs nenhum tipo de pressão, recusava qualquer presente mais caro do que uma bolsa e escrevia todo dia enquanto ele estava servindo – umas cartinhas inocentes e aconchegantes como roupinha de bebê. Na verdade, ela *estava* grávida; e *era* dele; mas ela não falou nada até que David voltou para casa em licença outra vez e descobriu a namorada grávida de quatro meses. Foi nesse ponto que ela mostrou o elã venenoso que diferencia as víboras das cobras d'água: disse que não queria casar. Que não casaria com ele de jeito nenhum porque não queria viver a vida dos Hopkins; ela não tinha a vivência nem a habilidade natural para lidar com aquilo e sabia que nem a família nem os amigos dele aprovariam. Só o que ela queria era uma pensão modesta para o bebê. David protestou, mas claro que ele estava aliviado, mesmo que fosse preciso contar a história ao pai – David não tinha nenhum dinheiro no nome dele.

"Foi nesse ponto que Ann fez sua jogada mais espetacular; ela vinha fazendo as lições de casa e sabia tudo o que se podia saber sobre os pais de David; então disse: 'David, tem só uma coisa que eu gostaria de pedir. Eu quero conhecer a sua família. Nunca fui muito próxima da minha, e eu queria que o meu filho tivesse algum contato com os avós. Talvez eles também gostem da ideia.' *C'est très joli, très diabolique, non*? E deu certo. Não que o sr. Hopkins tenha caído. Desde o início ele disse que a garota era uma pé-rapada e que nunca arrancaria um centavo dele; mas Hilda Hopkins se deixou levar – acreditou no cabelo maravilhoso e no olhar abestalhado, em toda a encenação de pobre garotinha indefesa que Ann tinha preparado. E como David era o filho mais velho e ela estava com pressa para ter netos, a sra. Hopkins fez exatamente o que Ann tinha previsto: convenceu David a casar, e o marido, se não a aprovar, pelo menos a não proibir a união. Por um tempo pareceu que a decisão da sra. Hopkins tinha sido muito acertada: a cada ano ela ganhava mais um neto, até que fossem três, duas meninas e um menino; e a escalada social de Ann foi muito rápida – ela pisou fundo, sem se importar com o limite de velocidade. Ann absorveu o básico, não tem como negar. Aprendeu a montar e se tornou a amazona mais apaixonada de Newport. Estudou francês e tinha um mordomo francês e apareceu na Best Dressed List porque almoçava com Eleanor Lambert e passava os fins de semana com ela. Aprendeu sobre móveis e tecidos com Sister Parish e Billy Baldwin; e o pequeno Henry Geldzahler adorava os chás (Chá! Ann Cutler! Meu Deus!) e as conversas sobre pintura modernista.

"Mas o fator decisivo para o sucesso dela, além do casamento com um dos grandes nomes de Newport, foi a duquesa. Ann percebeu uma coisa que só os mais sagazes alpinistas sociais percebem. Se você quer ir rápido e em segurança do fundo para a superfície, o jeito mais seguro é escolher um tubarão e se grudar a ele como as rêmoras. E isso é tão verdadeiro em Keokuk, onde você massageia, digamos, o ego da sra. Representante Ford local, quanto em Detroit, onde você pode tentar massagear a própria sra. Ford – ou em Paris ou em Roma. Mas por que Ann Hopkins, sendo parte da família Hopkins e nora de ninguém menos que Hilda Hopkins, precisaria da duquesa? Porque ela precisava do amém de alguma pessoa com padrões altos, alguém com reconhecimento internacional para que essa aprovação calasse a boca das hienas. E quem melhor que a duquesa? Quanto à duquesa, ela é bem tolerante à adulação de damas de companhia ricas, daquelas que sempre pagam a conta; me pergunto se a duquesa *alguma vez* já pagou uma conta. Não que isso faça diferença alguma. Mas ela faz valer a pena. A duquesa é uma das raras mulheres capazes de ter uma amizade sincera com outra mulher. Sem dúvida ela foi uma amiga excepcional para Ann Hopkins. Claro, ela não se deixou enganar por Ann – afinal, a duquesa é uma vigarista muito experiente; mas gostou da ideia de pegar essa blefadora de olhar frio e dar um brilho de verdade nela, colocá-la no circuito, e a jovem sra. Hopkins acabou um tanto célebre – mesmo sem ter estilo. O pai da segunda garota Hopkins era Fon Portago, ou ao menos era o que todo mundo dizia, e Deus sabe que ela parece mesmo uma *espagnole*; mas, independente disso, Ann Hopkins estava pisando fundo no Grand Prix.

"Teve um verão em que ela e David alugaram uma casa em Cap Ferrat (Ann estava tentando se aproximar do tio Willie e tinha até aprendido a jogar bridge; mas o tio Willie disse que, mesmo ela sendo uma mulher sobre quem ele gostaria de escrever, não era alguém confiável para se ter numa mesa de carteado), e de Nice a Monte ela era conhecida por todos os homens além da puberdade como madame Marmalade – seu *petit déjeuner* favorito era cacete quentinho com manteiga e geleia de laranja. Mas eu ouvi dizer que na verdade ela prefere de morango. Acho que David não imaginava a dimensão dessas farras, mas o certo é que ele estava se sentindo um lixo e, em seguida, se apaixonou pela garota com quem devia ter casado na primeira vez – uma prima em segundo grau, Mary Kendall, que não era nenhuma beldade mas era uma garota sensível e atraente e apaixonada por ele desde sempre. Ela era noiva de Tommy Bedford, mas rompeu o noivado quando David a pediu em casamento. *Se* ele conseguisse um divórcio. E ele *podia* conseguir; segundo Ann, custaria apenas cinco milhões de dólares, já deduzidos os impostos. David ainda não tinha nada em seu nome e, quando levou a proposta ao pai, o sr. Hopkins disse *nunca!* e lembrou que tinha avisado desde o início que Ann era o que era, uma maçã podre, mas David não tinha dado ouvidos, então agora o fardo era dele e enquanto o pai fosse vivo ele não ganharia sequer o dinheiro para tomar um metrô. Então David contratou um detetive e em seis meses conseguiu evidência suficiente – incluindo polaroids de Ann sendo fodida pela frente e por trás por dois jóqueis em

Saratoga – para mandá-la para a cadeia, quanto mais para conseguir o divórcio. Mas quando David a confrontou, Ann deu risada e disse que o sr. Hopkins jamais admitiria que ele levasse uma imundície dessas ao tribunal. Ela tinha razão. Era curioso porque, enquanto discutia o assunto, o sr. Hopkins disse a David que naquelas circunstâncias não teria nada contra o filho matar a esposa e ficar de bico fechado, mas David não poderia se divorciar dela e deixar um monte de estrume à vista da imprensa.

"Foi nesse ponto que o detetive contratado por David teve uma ideia; uma ideia infeliz, porque se ela não tivesse aparecido David talvez ainda estivesse vivo. De qualquer jeito, o detetive teve a ideia: ele procurou a casa dos Cutler na Virgínia Ocidental – ou foi no Kentucky? – e entrevistou parentes que não tinham recebido nenhuma notícia de Ann desde a ida para Nova York, que nunca a tinham visto como esposa de David Hopkins, só como a esposa de Billy Joe Barnes, um fuzileiro naval caipira. O detetive pegou uma cópia da certidão no cartório da cidade e, depois de localizar esse Billy Joe Barnes, descobriu que ele trabalhava como mecânico de aviões em San Diego e convenceu o sujeito a assinar uma declaração afirmando que era casado com Ann Cutler, que nunca tinha se divorciado dela nem casado outra vez e que, quando voltou de Okinawa, descobriu que a esposa tinha sumido, mas que até onde ele sabia ela ainda era sua esposa legítima. E era mesmo! – até os criminosos mais sagazes têm um fundo de estupidez. Quando David a confrontou com esse achado e disse: 'Agora acabaram esses ultimatos com valores estipulados, afinal não somos marido e mulher', com certeza foi nesse instante que ela decidiu matá-lo: uma decisão feita por seus genes, pela vagabunda pé-rapada que ela era por dentro, mesmo sabendo que os Hopkins iriam providenciar um 'divórcio' digno e pagar uma bela pensão; mas Ann também sabia que se matasse David e conseguisse livrar a cara, ela e as crianças acabariam herdando o dinheiro dos Hopkins, o que não aconteceria se David casasse com Mary Kendall e tivesse outra família.

"Então ela fingiu aceitar e disse para David que não tinha por que discutir, já que ele a tinha pego de jeito, mas será que eles podiam morar juntos por mais um mês até que ela resolvesse a vida? Ele concordou, o idiota; e na mesma hora ela começou com a história de um homem que a ficava rondando – ligou duas vezes para a polícia dizendo que alguém estava rondando o pátio; logo os criados e a maioria dos vizinhos estavam convencidos de que havia criminosos por toda a região e, de fato, arrombaram a casa de Nini Wolcott; supostamente um ladrão, mas agora até Nini admite que deve ter sido Ann. Se você acompanhou o caso você deve lembrar que os Hopkins foram a uma festa na casa dos Wolcott na noite em que tudo aconteceu. Um jantar dançante em comemoração ao Dia do Trabalho com uns cinquenta convidados; eu estava lá e sentei ao lado de David quando o jantar foi servido. Ele parecia muito tranquilo, todo sorridente, talvez por achar que logo estaria livre daquela piranha e casado com Mary, a prima; mas Ann estava com um vestido verde-claro e parecia quase verde de tão nervosa – ficou falando como um chimpanzé desvairado sobre homens rondando a casa e arrombadores e sobre como ela tinha posto uma espingarda ao lado da cama para dormir. Segundo o *The Times*, David e Ann saíram do jantar dos Wolcott logo depois da meia-noite e, quando chegaram na casa, que estava vazia porque os criados estavam de folga e as crianças tinham ficado com os avós em Bay Harbor, foram cada um para um quarto separado.

"Ann disse, e continua dizendo, que ela foi direto para a cama e acordou meia hora depois com o barulho da porta do quarto abrindo: ela enxergou um vulto – o homem que rondava a casa! Pegou a espingarda no escuro e atirou, esvaziando os dois canos. Então ela acendeu a luz e, tragédia das tragédias, viu David esparramado no corredor. Mas não foi lá que a polícia encontrou o corpo. Porque não foi lá e nem desse jeito que ele morreu. A polícia encontrou o corpo dentro do box do banheiro, nu. A água ainda estava correndo, e a porta do box tinha ficado crivada de balas."

"Ou seja –", comecei a dizer.

"Ou seja" – Lady Ina aproveitou a minha deixa mas esperou até que o *maître*, supervisionado por M. Soulé, terminasse de servir o suflê Fürstenberg –, "nada do que Ann disse é verdade. Nem Deus sabe no que ela queria que as pessoas acreditassem; mas depois que eles chegaram em casa e David tirou a roupa e entrou no banho, Ann simplesmente o seguiu até lá e atirou contra a porta do box. Talvez ela pretendesse dizer que o tal homem tinha roubado a espingarda e atirado em David. Mas nesse caso por que ela não chamou um médico, a polícia? Em vez disso ela telefonou para o *advogado* dela. Isso mesmo. E *ele* chamou a polícia. Mas isso tudo só *depois* de telefonar para os pais de David em Bar Harbor."

O padre estava degustando mais um Gibson; Ann Hopkins, de cabeça baixa, continuava sussurrando no ouvido dele em tom confessional. Os dedos pálidos, sem esmalte nem enfeites, afora uma aliança de casamento, moviam-se junto ao peito como se ela estivesse rezando um terço.

"Mas se a polícia *soubesse* a verdade –"

"Claro que sabiam."

"Então não entendo como ela se safou. Não dá para conceber."

"Eu já disse, ela se safou porque Hilda Hopkins quis", retrucou Ina. "Por causa das crianças: já foi uma tragédia ter perdido o pai; de que adiantaria ver a mãe condenada por assassinato? Hilda Hopkins, e o velho sr. Hopkins também, queriam que Ann saísse dessa sem o menor arranhão; e os Hopkins, no terreno deles, têm o poder de fazer lavagem cerebral na polícia, mudar opiniões, mover cadáveres do chuveiro para o corredor; o poder de controlar inquéritos – a morte de David foi declarada acidental num inquérito concluído em menos de um dia." Ina olhou na direção de Ann Hopkins e de seu companheiro – que, com a testa clerical já vermelha por conta dos Gibsons, não escutava mais os murmúrios suplicantes, mas olhava um tanto embasbacado para a sra. Kennedy, como se a qualquer momento pudesse ter um surto e pedir que ela autografasse um cardápio. "O comportamento de Hilda foi extraordinário. Impecável. Ninguém diria que ela não era a protetora terna, lamentosa de uma viúva desamparada e legítima. Ela sempre convida Ann para os jantares que oferece. O que eu me pergunto é o mesmo que todo mundo se pergunta – quando estão só as duas, sozinhas, sobre o que elas conversam?" Com o garfo, Ina pescou da salada uma folha de alface-manteiga e ficou observando-a pela armação preta dos óculos. "Tem pelo menos um aspecto que diferencia os ricos, os podres de ricos, das... outras pessoas. Eles entendem as *verduras*. As outras pessoas – ah, qualquer um dá conta de carne assada, bifes, lagostas. Mas você já notou como, na casa de gente rica, na dos Wrightman ou dos Dillon, de Coelhinhas e Gatinhas, eles só servem as verduras mais lindas e na maior variedade possível? As ervilhas mais verdes, cenourinhas milimétricas, grãos de milho tão macios e tenros que parecem nem ter nascido ainda, feijões-verdes menores que os olhinhos de um camundongo e os aspargos mais frescos! a alface-manteiga! os cogumelos vermelhos! a abobrinha..." O champanhe estava fazendo efeito para Lady Ina.

A sra. Matthau e a sra. Cooper tomavam descansadas um *café filtré*. "Eu sei", ponderou a sra. Matthau, que analisava a esposa de um palhaço/herói que tinha um programa de TV à noite, "Jane é *muito* exagerada: e todos aqueles telefonemas – meu Deus, ela poderia ligar para o Atenda Minhas Súplicas e ficar falando por uma hora. Mas ela é esperta, rápida no gatilho e, quando você pensa no que ela está passando... Fiquei de cabelo em pé com a última história que ela me contou. Bobby tirou uma semana de férias da emissora – estava tão exausto que disse a Jane que pretendia ficar em casa, passar a semana inteira de pijama, e Jane adorou a ideia; ela comprou centenas de revistas e livros e LPs novos e todos os quitutes que você pode imaginar na Maison Glass. Ah, seria uma semana maravilhosa. Só Jane e Bobby dormindo e trepando e comendo batata assada com caviar no café-da-manhã. Mas no segundo dia ele sumiu. Não voltou à noite nem telefonou. E não foi a primeira vez, mas Jane perdeu a cabeça. Mesmo assim, ela não quis dar parte na polícia; seria um escândalo. Mais um dia se passou sem nenhuma notícia. Jane estava sem dormir havia 48 horas. Por volta das três da manhã o telefone tocou. Era Bobby. Bêbado. Ela disse: 'Meu Deus, Bobby, onde você está?' Ele disse que estava em Miami, e ela, perdendo de vez a paciência, puta merda como você foi parar em Miami, e ele disse que, ah, tinha ido até o aeroporto e pegado um avião, e ela disse que merda para quê, e ele disse só porque ele estava a fim de ficar sozinho. Jane disse: 'E você *está* sozinho?' Bobby, você sabe como por trás daquele sorriso se esconde um sádico, disse: 'Não. Tem uma pessoa deitada aqui do meu lado. Ela quer falar com você.' E aí veio uma voz meio assustada de loira oxigenada, cheia de risinhos: 'Sério, é sério mesmo que estou falando com a sra. Baxter, hihi? Achei que Bobby estivesse brincando, hihi. Acabou de dar no rádio que está nevando aí em Nova York – ah, você tinha que estar aqui com a gente – está fazendo 32 graus!' Jane disse, fingindo: 'Acho que estou doente demais para viajar.' E a loira oxigenada, cheia de dó: 'Ai, nossa, que pena. O que você tem, querida?' Jane disse: 'Estou com sífilis e gonorreia, tudo cortesia do grande humorista Bobby Baxter, meu marido – e se você não quiser acabar do mesmo jeito, sugiro que você dê o fora daí'. E desligou."

A sra. Cooper achou engraçado, ainda que não muito; mas ficou intrigada. "Como é que uma mulher aguenta essa situação? Eu pediria o divórcio."

"Claro. Mas você tem duas coisas que Jane não tem."

"Ah, é?"

"Um: grana. E dois: personalidade."

Lady Ina estava pedindo outra garrafa de Cristal. "Por que não?", perguntou ela, fazendo pouco caso da minha expressão preocupada. "Calma, Jonesy. Você não vai ter que me carregar nas costas. É só que estou a fim de estilhaçar o dia em mil pedacinhos dourados." Então é agora, pensei, que ela vai me contar o que quer, mas não quer, me contar. Mas não, ainda não era a hora. Em vez disso: "Você quer ouvir uma história repulsiva de verdade? De fazer você vomitar? Então olhe para a esquerda. Aquela porca sentada ao lado de Betsy Whitney."

Ela *era* mesmo um pouco porcina, um bebê musculoso com um rosto sardento, bronzeado nas Bahamas, olhinhos apertados e vis; tinha jeito de quem usava sutiãs de tweed e jogava golfe.

"A esposa do governador?"

"A esposa do governador", disse Ina, meneando a cabeça com um desprezo melancólico na direção daquele animal, esposa legítima de um ex-governador de Nova York. "Acredite ou não, um dos caras mais atraentes a estufar um par de calças em toda a história costumava ter uma ereção cada vez que olhava para essa sapatona. Sidney Dillon" – o nome, da forma como Ina o pronunciou, era um sibilo suave.

Sem dúvida. Sidney Dillon. Empresário, conselheiro de presidentes, uma antiga paixão de Kate McCloud. Lembro de uma vez ter pegado um exemplar do que era, depois da Bíblia e de *O assassinato de Roger Ackroyd*, o livro preferido de Kate – *A fazenda africana*, de Isak Dinesen; do meio das páginas caiu uma fotografia polaroid de um nadador à beira d'água, um homem bem-feito e magro com o peito cabeludo e um rosto de judeu durão e risonho; o calção de banho estava abaixado até os joelhos: uma mão repousava de maneira sexy no quadril e, com a outra, ele bombeava um cacete escuro e roliço de dar água na boca. No verso, uma anotação feita com a caligrafia masculina de Kate: *Sidney. Lago di Garda. A caminho de Veneza. Junho, 1962.*

"Eu e Dill nunca tivemos segredos. Fomos amantes por dois anos depois que eu me formei e fui trabalhar na *Harper's Bazaar*. A única coisa que ele pediu para eu nunca espalhar foi essa história com a esposa do governador; estou me sentindo uma cadela por contar, mas acho que é por causa dessas bolhinhas deliciosas subindo para a minha cabeça" – Ina ergueu a taça de champanhe e ficou me olhando através da efervescência dourada. "Cavalheiros, a questão é: o que um judeu culto, dinâmico, rico e bem-dotado pode querer com uma protestante cretina manequim extragrande que usa sapatos de salto baixo e colônia de lavanda? Ainda mais quando ele é casado com Cleo Dillon, a meu ver a mulher mais linda do mundo, depois da Garbo de dez anos atrás (a propósito, encontrei com ela na casa dos Gunther noite passada, e acho que o conjunto está com uma aparência meio desgastada, seco e decrépito como um templo abandonado, alguma coisa perdida nas selvas de Angkor Wat; mas é o que acontece quando você passa a maior parte da vida amando só a você mesmo, e mesmo assim não muito).

"Agora Dill está com sessenta anos; ele ainda poderia ter a mulher que quisesses, mas faz muito tempo que só pensa naquela porca. Tenho certeza que ele nunca entendeu direito essa perversão, o porquê disso; e que, se entendeu, ele não admitiria nunca, nem para um analista – imagine! Dill no analista! Homens como ele não podem ser analisados porque não se consideram iguais aos outros homens. Mas, em relação à esposa do governador, foi só porque para Dill ela representava tudo o que a vida sempre lhe tinha negado, tudo o que era proibido a um judeu, independente do quão atraente e rico ele fosse: o Racquet Club, o Le Jockey, o Links, o White's – todos esses lugares onde ele nunca se sentaria para jogar gamão, todos os campos de golfe onde ele jamais daria uma tacada – o Everglades e o Seminole, o Maidstone, o St. Paul's e o St. Mark's etc., todas as escolas santas da Nova Inglaterra que os filhos dele nunca iriam frequentar. Não interessa se Dill admite ou não, mas era por isso que ele queria comer a esposa do governador, se vingar naquela bunda gorda, ver aquela porca suar e grunhir e chamá-lo de papai. Ele manteve distância e nunca demonstrou nenhum interesse; esperou até o momento em que as estrelas se alinhassem da forma adequada. Veio de repente – um dia ele foi a um jantar na casa dos Cowles; Cleo estava num casamento em Boston. A esposa do governador tinha sentado ao lado dele; ela também estava sozinha, porque o governador estava fazendo campanha em algum outro lugar. Dill fez gracejos, encantou a todos; ela ficou lá sentada com aquele olhar suíno e indiferente, mas não pareceu muito surpresa quando Dill se roçou na perna dela e no fim, quando ele perguntou se poderia acompanhá-la até em casa, ela aceitou, sem muito entusiasmo mas com uma firmeza que dava a entender que aceitaria qualquer convite.

"Na época, Dill e Cleo estavam morando em Greenwich; eles tinham vendido a casa em Riverview Terrace e ficado com uma casinha bem simples no Pierre, só uma salinha e um quarto. No carro, depois que saíram da casa dos Cowles, Dill sugeriu uma saideira no Pierre: queria ouvir a opinião dela a respeito de um novo Bonnard. Ela disse que adoraria dar uma opinião; e o que poderia deter essa idiota? Afinal, o marido dela não era um dos diretores do Modern? Depois de olhar a pintura, Dill ofereceu alguma coisa para beber, e ela disse que gostaria de tomar um conhaque; ficou bebericando, sentada de frente para ele no outro lado de uma mesinha, sem que nada acontecesse entre os dois, afora ela estar muito tagarela – falou sobre as vendas de cavalos em Saratoga e sobre uma partida de golfe disputada até o último buraco que ela tinha jogado contra Doc Holden em Lyford Cay; falou sobre o dinheiro que perdeu para Joan Payson no bridge e sobre como o dentista que a atendia desde menininha tinha morrido e ela não sabia *o que* fazer com os dentes; ah, ela ficou falando quase até as duas da manhã, e Dill o tempo todo olhando para o relógio, não só porque o dia tinha sido longo mas também porque Cleo estaria de volta em um voo matinal de Boston: ela disse que iria vê-lo no Pierre antes que ele saísse para o escritório. Até que, quando ela começou a tagarelar sobre tratamento de canal, Dill a fez calar a boca: 'Querida, me desculpe, mas nós vamos foder sim ou não?'. Verdade seja dita sobre os aristocratas: até os mais estúpidos têm alguma classe; então ela deu de ombros – 'Ah, acho que sim' – como se fosse uma vendedora respondendo a um cliente que pede uma opinião sobre um chapéu. Simplesmente se entregou àquela impertinência judia.

"No quarto ela pediu que as luzes ficassem apagadas. Fez questão – e em vista do que aconteceu, é perfeitamente compreensível. Os dois tiraram a roupa no escuro, e ela levou uma eternidade – desabotoando, desatando, despindo – e não disse nada afora um breve comentário sobre os Dillon dormirem na mesma cama, já que havia só uma; e Dill respondeu que sim, que ele era muito carinhoso, um bebê chorão que não conseguia dormir se não tivesse algo macio para se aconchegar. Mas a esposa do governador não queria aconchego nem beijos. Beijá-la, segundo Dill, era como brincar de salada de fruta com uma baleia em decomposição: ela precisava mesmo de um dentista. Nenhum dos truques dele a impressionou – ela ficou lá parada, inerte, como uma missionária sendo violada por um bando de *swahilis* pingando suor. Dill não conseguiu gozar. Disse que tinha a impressão de estar se debatendo na poça de algum líquido estranho, tão viscoso que ele não conseguia se segurar. Então Dill resolveu chupá-la – mas no instante seguinte ela ergueu o rosto dele pelos cabelos: 'Nãonãonãonão, pelo amor de Deus, não!' Dill entregou os pontos, rolou para o lado e disse: 'Estou achando que você também não vai querer me chupar...' Ela nem se deu o trabalho de responder, então ele disse tudo bem, não tem problema, me bata uma punheta e liquidamos o assunto, pode ser? Mas ela já estava de pé, pedindo que ele não acendesse a luz, por favor, e dizendo que não, que ele não precisava ir com ela até em casa, fique aí mesmo, trate de dormir, e enquanto Dill estava deitado ouvindo a mulher se vestir ele baixou a mão para se masturbar e teve a impressão que... que... Dill deu um sobressalto e acendeu a luz. O negócio dele estava todo estranho e gosmento quando ele se tocou. Como se estivesse besuntado de sangue. E estava mesmo. A cama também. Os lençóis com manchas de sangue do tamanho do Brasil. A esposa do governador tinha recém pegado a bolsa e aberto a porta quando Dill disse: 'Que porra é essa? Por que você fez isso?' E então ele soube, não porque ela tenha dito nada, mas por causa do olhar que flagrou enquanto ela fechava a porta: como o de Carino, o *maître* cruel do velho Elmer's – conduzindo algum babaca de terno azul e sapato marrom a uma mesa na Sibéria. Ela tinha zombado dele, punido aquela presunção judia.

"Jonesy, você mal tocou na comida!"

"Não está fazendo bem para o meu apetite. Essa conversa."

"Eu avisei que era uma história repulsiva. E ainda nem cheguei na melhor parte."

"Tudo bem. Pode continuar."

"Não, Jonesy. Não quero que você fique enjoado."

"Eu assumo o risco."

A sra. Kennedy e a irmã tinham saído; a esposa do governador estava saindo, Soulé radiante com o despertar daquelas ancas largas. A sra. Matthau e a sra. Cooper ainda estavam lá, mas em silêncio, com as orelhas atentas à nossa conversa; a sra. Matthau estava amassando a pétala de uma rosa amarela – seus dedos se enrijeceram quando Ina prosseguiu: "O pobre Dill só se deu conta da fria em que tinha se metido quando tirou todos os lençóis cama e descobriu que não tinha nenhum limpo. Cleo usava a roupa de cama do Pierre e não tinha nenhum lençol dela no hotel. Eram três da manhã e Dill podia muito bem ter chamado a camareira: mas o que ele iria dizer, como explicar o sumiço dos lençóis àquela hora? O pior de tudo era que o avião de Cleo sairia de Boston em algumas horas e, não importava quantas trepadas Dill inventasse, ele sempre tomava cuidado para não despertar as suspeitas de Cleo; ele a amava de verdade e, meu Deus, o que ele diria quando ela visse a cama? Dill tomou uma ducha fria e ficou pensando em algum amigo para quem pudesse ligar e pedir roupa de cama limpa. Alguém como *eu*; Dill confiava em mim, mas eu estava em Londres. Tinha também o velho criado dele, Wardell. Wardell era apaixonado por Dill e tinha sido escravo dele por vinte anos só para ter o privilégio de ensaboar seu corpo toda vez que Dill tomava um banho; mas Wardell também era velho e sofria de artrite – Dill simplesmente não teria *como* ligar para

Greenwich e pedir que ele dirigisse até a cidade. Então Dill percebeu que tinha dezenas de camaradas mas nenhum amigo de verdade, ninguém para quem pudesse ligar às três da manhã. Na empresa ele tinha mais de seiscentos empregados, mas ninguém o chamava de outra forma que não *sr. Dillon*. Enfim, Dill estava com pena de si mesmo. Então ele serviu uma dose generosa de uísque e começou a procurar uma caixa de sabão em pó na cozinha, mas não encontrou nada e, no fim, teve que usar uma caixa de *Fleurs des Alpes* da Guerlain. Para lavar os lençóis. Ele pôs tudo de molho na banheira, em água escaldante. Esfregou e esfregou. Enxaguou e esfrega-esfregalhou. Lá estava ele, o poderoso sr. Dillon, de joelhos como uma camponesa espanhola à beira do riacho.

"Logo eram cinco, seis horas, e Dill suava como se estivesse preso em uma sauna; ele me disse que no dia seguinte se pesou e tinha perdido cinco quilos. O sol já tinha raiado quando os lençóis ficaram brancos o suficiente. Mas ainda estavam molhados. Ele imaginou se pendurá-los na janela poderia adiantar alguma coisa – ou simplesmente chamar a atenção da polícia. No fim ele resolveu usar o forno da cozinha. Era um daqueles forninhos pequenos de hotel, mas Dill pôs os lençóis para assar lá dentro a 230 graus. E eles assaram: soltaram fumaça e vapor – o desgraçado chegou a queimar a mão quando foi tirar a fornada. Já eram oito horas e o tempo estava acabando. Então ele decidiu que a única coisa a fazer era arrumar a cama com os lençóis ainda fumegantes e úmidos, se deitar e rezar. Dill estava rezando *de verdade* quando pegou no sono. Acordou ao meio-dia e encontrou um bilhete de Cleo em cima da cômoda: 'Querido, como você estava dormindo eu só entrei na ponta dos pés e troquei de roupa antes de ir para Greenwich. Venha correndo para casa'."

As *mesdames* Cooper e Matthau, tendo ouvido o suficiente, resolveram ir embora.

A sra. Cooper disse: "Q-querida, hoje à tarde tem um leilão m-m-maravilhoso da Parke Bernet – de tapeçarias góticas".

"Mas que diabos eu iria fazer com tapetes góticos?"

A sra. Cooper respondeu: "Achei que podiam ser úteis para os piqueniques na praia. Sabe, para colocar na areia."

Lady Ina, depois de retirar da bolsa uma *nécessaire* da Bulgari em esmalte branco, salpicada de diamantes que lembravam flocos de neve, começou a retocar a maquiagem com uma esponjinha. Começou pelo queixo, subiu até o nariz e em seguida começou a estapear as lentes dos óculos escuros.

E eu disse: "O que você está fazendo, Ina?"

Ela disse: "Merda! Merda!", tirou os óculos e começou a limpá-los com um guardanapo. Uma lágrima tinha escorrido e se pendurado na ponta de uma narina como uma gota de suor – uma visão nada agradável; o mesmo se poderia dizer dos olhos dela – vermelhos e injetados por conta do choro. "Estou indo ao México para me divorciar."

Não imaginei que isso fosse motivo para tristeza; o marido dela era o chato mais empolado de toda a Inglaterra – um feito invejável quando se tem por adversários o conde de Derby e o duque de Marlborough, entre outros. Sem dúvida essa também era a opinião de Lady Ina; mesmo assim, eu entendia por que ela tinha casado com ele: era um homem rico, tecnicamente ativo e bom de tiro que reinava nos círculos de caça – o Valhalla da chatice. Enquanto Ina... Ina tinha quarenta e poucos anos e um histórico de divórcios múltiplos, resultado de um caso com um Rothschild que se deu por satisfeito tendo ela por amante mas não a considerou boa o suficiente para casar. Então os amigos de Ina ficaram aliviados quando ela voltou de uma visita à Escócia noiva de Lord Coolbirth; verdade, o homem não tinha senso de humor, era sem-graça e azedo como vinho do porto estragado – mas, somando e diminuindo, a união era lucrativa.

"Eu sei o que você está pensando", disse Ina, em meio a outras lágrimas que escorriam. "Que se eu conseguir um bom acordo, eu mereceria palmas. Não nego que foi difícil aturar Cool. Foi como viver com uma armadura. Mas eu me sentia... segura. Pela primeira vez na vida eu achei que tinha encontrado o homem que eu não iria perder. Quem mais poderia se interessar por ele? Mas uma coisa eu aprendi, Jonesy, preste atenção: tem sempre alguém na volta para pegar um marido velho. *Sempre*." Um crescendo de soluços a interrompeu: M. Soulé, observando à distância, fez um biquinho com os lábios. "Eu fui descuidada. Preguiçosa. Mas eu não aguentava mais aqueles fins de semana escoceses úmidos com as balas zunindo ao redor, então ele começou a ir sozinho, e depois de um tempo eu passei a notar que Elda Morris sempre o acompanhava nas viagens – fosse uma caça ao tetraz nas Hébridas ou uma caçada ao javali na Iugoslávia. Ela chegou até a ir para a Espanha quando Franco promoveu aquela enorme caçada outubro passado. Mas eu não levei muito a sério – Elda atira muito bem, mas ela é uma virgem convicta de cinquenta anos; eu *ainda* não consigo imaginar Cool querendo abaixar aquelas calcinhas enferrujadas."

A mão de Ina fez um movimento em direção à taça de champanhe, mas, sem chegar ao destino, vacilou e caiu como um bêbado que tomba de cara na rua. "Duas semanas atrás", disse ela, com a voz pausada, o sotaque de Montana mais aparente, "enquanto eu e Cool estávamos voando para Nova York, notei que ele estava me olhando com, hmnnn, com um desgosto meio *serpentino*. Em geral ele parece um ovo. Eram recém nove da manhã; mesmo assim, estávamos tomando aquele champanhe horrível de avião e, quando terminamos a garrafa, vi que ele estava me encarando com uma expressão... homicida... e eu disse: 'Cool, tem alguma coisa incomodando você?' E *ele* disse: 'Nada que um divórcio não possa curar'. Imagine só a maldade! Soltar um comentário desses num avião! – quando os dois estão presos juntos por horas, e não têm como escapar, gritar nem espernear. Fiquei duplamente chateada porque ele sabe que eu detesto andar de avião – e ele *sabia* que eu estava entupida de comprimidos e de bebida. Então agora eu estou indo para o México." Por fim a mão dela alcançou o copo de Cristal; Ina suspirou, um som plangente como as folhas caindo em espiral no outono. "Sou o tipo de mulher que precisa de um homem. Não por causa do sexo. Ah, eu gosto de uma boa trepada. Mas já fiz minhas estripulias; agora posso me virar sem. Mas não consigo viver sem um homem. Mulheres como eu não têm outro foco, não têm outro jeito de organizar a vida; mesmo se odiamos nossos homens, mesmo se são uns cabeças-duras com coração de manteiga, é melhor do que essa rotina desregrada. A liberdade pode ser a coisa mais importante na vida, mas liberdade em excesso é um problema. Eu já não tenho mais idade para isso, não tenho como começar tudo outra vez, a longa caçada, os noites passadas no Elmer's ou no Annabel's com um chicano seboso nadando num mar de stingers. E as amigas dos velhos tempos convidando você para jantares black-tie e na verdade não querendo mais mulheres e pensando de onde vão tirar mais um homem 'decente' para uma mulher como Ina Coolbirth. Como se *existissem* homens decentes disponíveis em Nova York! *Ou* em Londres. Ou até mesmo em Butte, Montana. São todos veados. Ou ao menos *deveriam* ser. Foi isso o que eu quis dizer quando falei para a princesa Margaret que era uma pena ela não gostar de bichas porque assim ela teria uma velhice muito solitária. Os bichas são as únicas pessoas gentis com as mulheres mais velhas; e eu os adoro, sempre adorei, mas eu não me sinto *pronta* para namorar um veado; seria melhor virar sapatão.

"Não, Jonesy, isso nunca fez parte do meu repertório, mas eu vejo o atrativo para as mulheres da minha idade, para as que não suportam ficar sozinhas, que precisam de carinho e de admiração: talvez uma sapatão resolvesse. Não tem nada mais aconchegante ou mais seguro do que os ninhos das lésbicas. Lembro de quando eu vi Anita Hohnsbeen em Sante Fe. Fiquei com tanta inveja! Mas eu sempre tive inveja de Anita. Ela era veterana quando eu entrei no Sarah Lawrence. Acho que todas as garotas eram apaixonadas por Anita. Não que ela fosse linda, ou mesmo bonita, mas ela era tão brilhante, tão ponderada, tão *limpa* – os cabelos, a pele, ela sempre parecia o primeiro raiar do sol sobre a Terra. Se ela não tivesse tantos atrativos, e se aquela mãe alpinista dela não tivesse posto tanta pressão, acho que Anita teria casado com um arqueólogo e levado uma vida feliz escavando urnas na Anatólia. Mas por que desenterrar a história miserável de Anita? – cinco maridos e um bebê retardado, um desperdício, até que ela teve várias centenas de colapsos e definhou até ficar com quarenta quilos e o médico a mandou de volta para Santa Fe. Você sabia que Santa Fe é a capital lésbica dos Estados Unidos? Santa Fe é para as Filhas de Bilitis o que São Francisco é para *les garçons*. Acho que é porque as mais violentas gostam de usar botas e calças de brim. Lá mora uma mulher deliciosa, Megan O'Meaghan, e Anita fez amizade com ela e, baby, deu no que deu. Tudo o que ela precisava era um par de peitos maternais para mamar. Hoje ela e Megan vivem juntas numa casa de adobe ao pé da montanha, e o olhar de Anita... tem o mesmo brilho da época da faculdade. Ah, é um pouco brega – as fogueiras de pinheiro, as bonecas indianas, os tapetes indianos e as duas discutindo na cozinha sobre tacos caseiros e a margarita 'perfeita'. Pense o que você quiser, mas é uma das casas mais agradáveis que eu já visitei. Anita deu sorte!"

Ina fez um movimento brusco para cima, um golfinho rompendo a superfície do mar, empurrou a mesa (virando um copo de champanhe), pegou a bolsa e disse: "Já volto"; e cambaleou em direção à porta espelhada que dava para o toalete do Côte Basque.

Mesmo com o padre e a assassina ainda cochichando e bebericando, os salões do restaurante estavam vazios, M. Soulé havia se retirado. Só restavam a garota da chapelaria e alguns garçons impacientes, dobrando guardanapos. Os *sommeliers* estavam pondo as mesas, arrumando as flores para a clientela noturna. Era uma atmosfera de exaustão luxuosa, como uma rosa em flor perdendo as pétalas, enquanto lá fora não havia nada além de uma tarde agonizante em Nova York.

Coleção L&PM POCKET

1190. **Procurando diversão** – Mauricio de Sousa
1191. **E não sobrou nenhum e outras peças** – Agatha Christie
1192. **Ansiedade** – Daniel Freeman & Jason Freeman
1193. **Garfield: pausa para o almoço** – Jim Davis
1194. **Contos do dia e da noite** – Guy de Maupassant
1195. **O melhor de Hagar 7** – Dik Browne
1196.(29).**Lou Andreas-Salomé** – Dorian Astor
1197.(30).**Pasolini** – René de Ceccatty
1198. **O caso do Hotel Bertram** – Agatha Christie
1199. **Crônicas de motel** – Sam Shepard
1200. **Pequena filosofia da paz interior** – Catherine Rambert
1201. **Os sertões** – Euclides da Cunha
1202. **Treze à mesa** – Agatha Christie
1203. **Bíblia** – John Riches
1204. **Anjos** – David Albert Jones
1205. **As tirinhas do Guri de Uruguaiana 1** – Jair Kobe
1206. **Entre aspas (vol.1)** – Fernando Eichenberg
1207. **Escrita** – Andrew Robinson
1208. **O spleen de Paris: pequenos poemas em prosa** – Charles Baudelaire
1209. **Satíricon** – Petrônio
1210. **O avarento** – Molière
1211. **Queimando na água, afogando-se na chama** – Bukowski
1212. **Miscelânea septuagenária: contos e poemas** – Bukowski
1213. **Que filosofar é aprender a morrer e outros ensaios** – Montaigne
1214. **Da amizade e outros ensaios** – Montaigne
1215. **O medo à espreita e outras histórias** – H.P. Lovecraft
1216. **A obra de arte na era de sua reprodutibilidade técnica** – Walter Benjamin
1217. **Sobre a liberdade** – John Stuart Mill
1218. **O segredo de Chimneys** – Agatha Christie
1219. **Morte na rua Hickory** – Agatha Christie
1220. **Ulisses (Mangá)** – James Joyce
1221. **Ateísmo** – Julian Baggini
1222. **Os melhores contos de Katherine Mansfield** – Katherine Mansfield
1223.(31).**Martin Luther King** – Alain Foix
1224. **Millôr Definitivo: uma antologia de A Bíblia do Caos** – Millôr Fernandes
1225. **O Clube das Terças-Feiras e outras histórias** – Agatha Christie
1226. **Por que sou tão sábio** – Nietzsche
1227. **Sobre a mentira** – Platão
1228. **Sobre a leitura seguido do Depoimento de Céleste Albaret** – Proust
1229. **O homem do terno marrom** – Agatha Christie
1230.(32).**Jimi Hendrix** – Franck Médioni
1231. **Amor e amizade e outras histórias** – Jane Austen
1232. **Lady Susan, Os Watson e Sanditon** – Jane Austen
1233. **Uma breve história da ciência** – William Bynum
1234. **Macunaíma: o herói sem nenhum caráter** – Mário de Andrade
1235. **A máquina do tempo** – H.G. Wells
1236. **O homem invisível** – H.G. Wells
1237. **Os 36 estratagemas: manual secreto da arte da guerra** – Anônimo
1238. **A mina de ouro e outras histórias** – Agatha Christie
1239. **Pic** – Jack Kerouac
1240. **O habitante da escuridão e outros contos** – H.P. Lovecraft
1241. **O chamado de Cthulhu e outros contos** – H.P. Lovecraft
1242. **O melhor de Meu reino por um cavalo!** – Edição de Ivan Pinheiro Machado
1243. **A guerra dos mundos** – H.G. Wells
1244. **O caso da criada perfeita e outras histórias** – Agatha Christie
1245. **Morte por afogamento e outras histórias** – Agatha Christie
1246. **Assassinato no Comitê Central** – Manuel Vázquez Montalbán
1247. **O papai é pop** – Marcos Piangers
1248. **O papai é pop 2** – Marcos Piangers
1249. **A mamãe é rock** – Ana Cardoso
1250. **Paris boêmia** – Dan Franck
1251. **Paris libertária** – Dan Franck
1252. **Paris ocupada** – Dan Franck
1253. **Uma anedota infame** – Dostoiévski
1254. **O último dia de um condenado** – Victor Hugo
1255. **Nem só de caviar vive o homem** – J.M. Simmel
1256. **Amanhã é outro dia** – J.M. Simmel
1257. **Mulherzinhas** – Louisa May Alcott
1258. **Reforma Protestante** – Peter Marshall
1259. **História econômica global** – Robert C. Allen
1260.(33).**Che Guevara** – Alain Foix
1261. **Câncer** – Nicholas James
1262. **Akhenaton** – Agatha Christie
1263. **Aforismos para a sabedoria de vida** – Arthur Schopenhauer
1264. **Uma história do mundo** – David Coimbra
1265. **Ame e não sofra** – Walter Riso
1266. **Desapegue-se!** – Walter Riso
1267. **Os Sousa: Uma família do barulho** – Mauricio de Sousa
1268. **Nico Demo: O rei da travessura** – Mauricio de Sousa
1269. **Testemunha de acusação e outras peças** – Agatha Christie

1270(34).**Dostoiévski** – Virgil Tanase
1271.**O melhor de Hagar 8** – Dik Browne
1272.**O melhor de Hagar 9** – Dik Browne
1273.**O melhor de Hagar 10** – Dik e Chris Browne
1274.**Considerações sobre o governo representativo** – John Stuart Mill
1275.**O homem Moisés e a religião monoteísta** – Freud
1276.**Inibição, sintoma e medo** – Freud
1277.**Além do princípio de prazer** – Freud
1278.**O direito de dizer não!** – Walter Riso
1279.**A arte de ser flexível** – Walter Riso
1280.**Casados e descasados** – August Strindberg
1281.**Da Terra à Lua** – Júlio Verne
1282.**Minhas galerias e meus pintores** – Kahnweiler
1283.**A arte do romance** – Virginia Woolf
1284.**Teatro completo v. 1: As aves da noite** *seguido de* **O visitante** – Hilda Hilst
1285.**Teatro completo v. 2: O verdugo** *seguido de* **A morte do patriarca** – Hilda Hilst
1286.**Teatro completo v. 3: O rato no muro** *seguido de* **Auto da barca de Camiri** – Hilda Hilst
1287.**Teatro completo v. 4: A empresa** *seguido de* **O novo sistema** – Hilda Hilst
1288.**Fora de mim** – Martha Medeiros
1290.**Divã** – Martha Medeiros
1291.**Sobre a genealogia da moral: um escrito polêmico** – Nietzsche
1292.**A consciência de Zeno** – Italo Svevo
1293.**Células-tronco** – Jonathan Slack
1294.**O fim do ciúme e outros contos** – Proust
1295.**A jangada** – Júlio Verne
1296.**A ilha do dr. Moreau** – H.G. Wells
1297.**Ninho de fidalgos** – Ivan Turguêniev
1298.**Jane Eyre** – Charlotte Brontë
1299.**Sobre gatos** – Bukowski
1300.**Sobre o amor** – Bukowski
1301.**Escrever para não enlouquecer** – Bukowski
1302.**222 receitas** – J. A. Pinheiro Machado
1303.**Reinações de Narizinho** – Monteiro Lobato
1304.**O Saci** – Monteiro Lobato
1305.**Memórias da Emília** – Monteiro Lobato
1306.**O Picapau Amarelo** – Monteiro Lobato
1307.**A reforma da Natureza** – Monteiro Lobato
1308.**Fábulas** *seguido de* **Histórias diversas** – Monteiro Lobato
1309.**Aventuras de Hans Staden** – Monteiro Lobato
1310.**Peter Pan** – Monteiro Lobato
1311.**Dom Quixote das crianças** – Monteiro Lobato
1312.**O Minotauro** – Monteiro Lobato
1313.**Um quarto só seu** – Virginia Woolf
1314.**Sonetos** – Shakespeare
1315(35).**Thoreau** – Marie Berthoumieu e Laura El Makki
1316.**Teoria da arte** – Cynthia Freeland
1317.**A arte da prudência** – Baltasar Gracián
1318.**O louco** *seguido de* **Areia e espuma** – Khalil Gibran
1319.**O profeta** *seguido de* **O jardim do profeta** – Khalil Gibran
1320.**Jesus, o Filho do Homem** – Khalil Gibran
1321.**A luta** – Norman Mailer
1322.**Sobre o sofrimento do mundo e outros ensaios** – Schopenhauer
1323.**Epidemiologia** – Rodolfo Sacacci
1324.**Japão moderno** – Christopher Goto-Jones
1325.**A arte da meditação** – Matthieu Ricard
1326.**O adversário secreto** – Agatha Christie
1327.**Pollyanna** – Eleanor H. Porter
1328.**Espelhos** – Eduardo Galeano
1329.**A Vênus das peles** – Sacher-Masoch
1330.**O 18 de brumário de Luís Bonaparte** – Karl Marx
1331.**Um jogo para os vivos** – Patricia Highsmith
1332.**A tristeza pode esperar** – J.J. Camargo
1333.**Vinte poemas de amor e uma canção desesperada** – Pablo Neruda
1334.**Judaísmo** – Norman Solomon
1335.**Esquizofrenia** – Christopher Frith & Eve Johnstone
1336.**Seis personagens em busca de um autor** – Luigi Pirandello
1337.**A Fazenda dos Animais** – George Orwell
1338.**1984** – George Orwell
1339.**Ubu Rei** – Alfred Jarry
1340.**Sobre bêbados e bebidas** – Bukowski
1341.**Tempestade para os vivos e para os mortos** – Bukowski
1342.**Complicado** – Natsume Ono
1343.**Sobre o livre-arbítrio** – Schopenhauer
1344.**Uma breve história da literatura** – John Sutherland
1345.**Você fica tão sozinho às vezes que até faz sentido** – Bukowski
1346.**Um apartamento em Paris** – Guillaume Musso
1347.**Receitas fáceis e saborosas** – José Antonio Pinheiro Machado
1348.**Por que engordamos** – Gary Taubes
1349.**A fabulosa história do hospital** – Jean-Noël Fabiani
1350.**Voo noturno** *seguido de* **Terra dos homens** – Antoine de Saint-Exupéry
1351.**Doutor Sax** – Jack Kerouac
1352.**O livro do Tao e da virtude** – Lao-Tsé
1353.**Pista negra** – Antonio Manzini
1354.**A chave de vidro** – Dashiell Hammett
1355.**Martin Eden** – Jack London
1356.**Já te disse adeus, e agora, como te esqueço?** – Walter Riso
1357.**A viagem da descobrimento** – Eduardo Bueno
1358.**Náufragos, traficantes e degredados** – Eduardo Bueno
1359.**Retrato do Brasil** – Paulo Prado
1360.**Maravilhosamente imperfeito, escandalosamente feliz** – Walter Riso
1361.**É...** – Millôr Fernandes
1362.**Duas tábuas e uma paixão** – Millôr Fernandes
1363.**Selma e Sinatra** – Martha Medeiros
1364.**Tudo que eu queria te dizer** – Martha Medeiros
1365.**Várias histórias** – Machado de Assis

lepmeditores
www.lpm.com.br
o site que conta tudo

IMPRESSÃO:

PALLOTTI
GRÁFICA

Santa Maria - RS | Fone: (55) 3220.4500
www.graficapallotti.com.br